CONTES TRISTES,

PAR

PAUL DELASALLE.

PARIS,

CHARPENTIER, Libraire-Éditeur, rue de Seine, 29.

—

1842.

CONTES TRISTES.

hohh

Imprimerie de Ve Guilmer, a Morlaix.

CONTES TRISTES,

PAR

PAUL DELASALLE.

PARIS,

Charpentier, Libraire-Éditeur, rue de Seine, 29.

— 1842. —

A une Solitaire.

Pour vous qui, dans vos jours de bonheur, avez souri
aux premières inquiétudes et aux premiers ennuis de ma
jeunesse ;

Pour vous qui m'avez conduit par la main le long des
sentiers et des rivages, tour-à-tour rieuse et pensive,

éveillant ma voix aux accents de la vôtre, et ne me demandant d'autres secrets que ces mystères de l'imagination et de l'âme que tout homme jeune hésite à révéler, comme si c'étaient des mystères du cœur ;

Pour vous qui m'apparaissiez toujours, aux heures de mélancolie, un matin sous les voûtes d'un temple, un soir aux bords de l'océan, plus tard, dans le tumulte harmonieux d'une fête ;

Pour vous qui m'avez enseigné l'amour des enfants, en posant les vôtres sur mes genoux, et en me laissant baiser leurs petites mains et leurs cheveux blonds ;

Pour vous qui m'avez enseigné l'amour de la vie, en me la montrant pleine d'illusions ailées, que mes yeux de vingt ans prenaient pour des présages ;

Pour vous que, depuis ces jours si calmes, le malheur et la souffrance ont soumise à tant d'épreuves ;

Pour vous qui êtes seule et triste aujourd'hui, comme je l'étais il y a dix ans ;

Pour vous qui n'avez pas douté d'une amitié lointaine, et qui êtes venue lui réclamer, sans songer qu'elle avait pu s'éteindre, la dette de consolations qui vous manquaient à votre tour ;

Pour vous j'ai recueilli ces contes modestes, enfants de mes rêves et de nos causeries, chétives créations que je trouvais moins nues et moins décolorées, lorsqu'elles avaient pour abri une amitié sainte, lorsque votre regard, l'océan et le ciel, reflétaient sur elles leur triple azur. Recevez-les dans votre solitude : elles y trouveront l'ombre et l'oubli qui leur conviennent, et leur tristesse adoucira peut-être la vôtre.

P. D.

1.

LA FOLLE D'ARROMANCHES.

C'est babord qui gagne, qui gagne,
C'est babord qui gagne tribord.

(Refrain des côtes.)

Les côtes de Normandie, si blanches et si sablonneuses, si
bénignes et si riantes dans la partie qui avoisine l'embouchure
de l'Orne, prennent, en avançant vers la Bretagne, un
caractère plus abrupt et plus sauvage, une physionomie
sévère et triste, qui contrastent bien vivement avec les beaux
pâturages et les champs fertiles protégés par l'élévation des
falaises. La mer, qui semblait se jouer mollement sur son lit
de varechs et de coquillages, ou sommeiller au clair de lune,
en reflétant le ciel étoilé, commence à se présenter sous un

aspect plus sombre. Les vagues se brisent avec fracas contre les rochers qui leur font obstacle ; une écume livide et tourbillonnante couronne la cime de chaque flot ; un murmure lent et sourd sort des entrailles de l'océan : on dirait que quelque envahissement se prépare et que l'immense lac va déborder.

Le type des habitants de la côte se modifie aussi peu à peu ; il devient rude et fier, silencieux et solennel ; on trouve çà et là d'abord, puis un peu plus fréquemment, puis enfin à chaque pas, de ces natures primitives dont on pourrait croire que la civilisation n'a jamais approché, tant elles sont demeurées vierges de tout progrès vers le mal comme vers le bien. Tout change alors : et l'accent qui se colore et se prolonge, et le costume qui arrive à des formes plus pittoresques, et les mœurs que l'on trouve moins rarement simples et pures, et les habitudes générales de la vie qui se ressentent de cette simplicité et de cette candeur natives. C'est là que la croyance jette de profondes et opiniâtres racines ; c'est là que le christianisme des premiers âges a conservé ses allures convaincues, auxquelles vient se joindre l'expression d'un mysticisme quelquefois tendre et passionné. Marie est la patronne obligée de tous ces hommes des rivages : on a défini le paysan breton une charrue qui croit en Dieu ; on pourrait appeler le pêcheur normand un aviron qui croit à la Vierge. Il mêle son nom à sa prière du bord comme à ses jurons de l'orgie, et quand il passe, ses filets sur son dos., le long deš petites chapelles qui bordent le chemin de la paroisse, il ne manque jamais à tirer son chapeau de cuir bouilli, et à se signer comme un pénitent qui va mourir.

A voir ces hommes si heureux au milieu de leurs nécessités et de leur misère; à les voir croyants et dévoués, laborieux et sages, on se surprend quelquefois, malgré ses idées de philanthropie générale et de propagande civilisatrice, à désirer que ce monde inconnu ne soit pas découvert de sitôt, et que les vieilles mœurs restent debout, comme les vieilles falaises et les vieux clochers : mais la destinée ne le veut pas ainsi : toujours l'homme cherche l'homme ; toujours le pas fait dans la voie rend nécessaire un pas, sinon plus grand, au moins égal au premier : le terrible cri de *marche* retentit aux oreilles de tous., parfois comme un chant de triomphe, parfois aussi comme une plainte de mourant ou un *cri* de torture ; et la route s'achève péniblement au milieu des souffrances dramatiques et des dénouements ensanglantés.

Arromanches est un hameau normand, si voisin de la mer, qu'aux jours de fortes marées, la vague entre souvent dans les maisons ; les bateaux de pêcheurs qui stationnent en face du village, doivent alors être traînés à force de bras sur la terre ferme, et les plus hautes rues leur servent de port et d'abri. C'est en face d'Arromanches que se trouve ce long rocher à fleur d'eau contre lequel vint se perdre le vaisseau *le Calvados*, immense débris de la *Grande-Armada*. Lorsque la mer est calme, et qu'aucune ride ne vient en troubler la surface, les riverains disent que l'œil du matelot penché sur le bord de sa barque, aperçoit dans les profondeurs de l'océan le bout des trois mâts du navire espagnol resté debout sur sa quille. Les marins d'Arromanches s'associent pour la pêche, et cette association a pour but et pour résultat une assurance mutuelle contre toutes les chances de pertes et d'avaries. Les sentiments hospitaliers y sont poussés tres-loin, comme dans tous les lieux où on n'en a pas encore beaucoup abusé. Les colonies de baigneurs, qui affluent sur plusieurs autres points de la côte, ont, jusqu'à présent, à peu près épargné celui-ci; et c'est un service éminent qu'elles lui rendent, car elles n'y ont pas encouragé encore les habitudes, si aisément prises, de la mendicité et de l'amour effréné du gain. L'habitant d'Arromanches vit de sa pêche et de son travail ; il ne saurait se résigner à vivre de la crédulité ou de la pitié dédaigneuse des voyageurs.

Dans l'été de 1788, un jeune homme, Anglais de nom et d'origine, mais Français de mœurs et de langage, vint passer

quelque temps sur les côtes du Bessin. Soit parce qu'il se trouvait complètement isolé des personnes dont la condition sociale
fût égale à la sienne, soit parce qu'il se plaisait à se mêler et
à s'identifier en quelque sorte avec les hommes et les choses
de la nature, Edouard Dawkins fréquentait surtout les pêcheurs d'Arromanches. Le matin, avant le jour, la rame des
matelots venait ébranler sa fenêtre, et le jeune Edouard se
levait brusquement pour monter avec eux sur le bateau de
pêche, et leur aider à placer les filets, qu'ils ne devaient
lever que le soir. Après cette promenade maritime, Edouard
et les marins buvaient ensemble à l'heureux résultat du travail
commun; puis il passait le reste du jour à marcher rapidement
le long des vagues, s'enivrant des vapeurs salines qui s'en
exhalaient ou se prenant de passion pour les mille accidents,
toujours analogues, mais jamais identiques, qui se repro-
duisent à chaque instant sur les bords de la mer.

Souvent, en se promenant ainsi le long du rivage, Edouard
Dawkins avait rencontré, rêveuse comme lui, mais non pas
comme lui abandonnée à une fantaisie molle et inconstante,
une jeune fille appartenant à une famille de matelots. Elle
descendait chaque soir sur la grève, fixant vers la pleine mer
un regard inquiet et triste, et s'abandonnant parfois à de
folles impatiences contre le vent qui ne soufflait pas ou contre

le sable immobile sous ses pieds. Plusieurs fois, Edouard avait essayé de lier conversation avec la jeune normande, et il n'en avait jamais obtenu que de courtes réponses, comme celles de quelqu'un qui fait peu d'attention à ce qu'on lui dit et pense constamment à autre chose. Pourtant la confiance étant venue avec le temps, les réponses s'étaient faites moins contraintes et moins laconiques, et Édouard avait appris que Louise Letellier attendait depuis quelque temps le retour d'un navire parti pour la pêche, du côté des îles du nord, avec un équipage de dix hommes, parmi lesquels Louise comptait un fiancé. Edouard prit d'abord intérêt à la simple histoire des amours de la pauvre fille, puis il se mit à étudier le cœur de cette femme du peuple, dont il n'avait jamais soupçonné qu'aucun sentiment tendre pût approcher, et il trouva dans ce cœur, des ressources très-grandes, comme il avait d'abord découvert que sous la coiffe grossière de la paysanne se cachaient des traits purs et beaux, quoiqu'altérés de jour en jour par la souffrance et le travail.

« Louise, vous êtes très-belle! » dit un jour Édouard à la jeune fille, sans attacher à son exclamation passionnée d'autre intention que celle d'un artiste qui témoignerait tout haut son enthousiasme pour un morceau de remarquable architecture ou pour un magnifique paysage.

Louise rougit et garda le silence ; mais elle avait compris plus de choses que le jeune homme n'avait voulu d'abord en exprimer. Il s'en aperçut sans peine et bien vite il se mit à profiter de la méprise.

Édouard n'était pas de ces natures philosophiques pour lesquelles toute innocence et toute vertu sont sacrées, et qui pratiquent le bien moins par habitude que par devoir. Sans être vicié jusqu'au fond des entrailles, Edouard aimait la vie pour lui et non pour les autres : sa jouissance personnelle était la préoccupation la plus vive, et la légèreté de son caractère lui faisait souvent conclure d'une façon bien irréfléchie à la légitimité des moyens de nuire qui s'offraient à lui.

Ce fut donc avec joie qu'il vit petit à petit les sentiments cachés au fond du cœur de la jeune Louise, se transformer peu à peu, et venir à lui en se détournant de leur pente primitive.... Il ne se doutait même pas que ce qu'il faisait alors n'était autre chose qu'une séduction.

Un dimanche de fête patronale, les villages des environs semblaient s'être transportés en masse sur la côte ; Louise y vint plus tôt qu'à l'ordinaire, et Dawkins, en l'apercevant de loin, fut frappé de son air triste et préoccupé. Il s'était habitué à la voir venir au bord de la mer, bien plus pour le rencontrer lui-même que pour attendre l'arrivée de l'absent, et la démarche vive de la jeune paysanne, et sa course riante sur les grèves, étaient devenues son spectacle le plus désiré et sa meilleure émotion de tous les jours.

« Qu'avez-vous, Louise? lui dit Édouard, en s'approchant d'elle : pourquoi cette dignité d'échevin et cette attitude de sœur converse? Votre mère vous aurait-elle interdit la promenade sur la falaise?

— Oh! non, dit l'enfant; mais tenez!... »

Et elle tira de son sein une lettre dont l'adresse grossièrement tracée, portait le nom de sa mère. C'était le fiancé qui annonçait son arrivée pour le jour même, autant que les probabilités de la navigation pouvaient le permettre.

« Tenez, encore : » ajouta Louise; et prenant la main de l'étranger, elle le mena ainsi jusqu'au sommet de la dune. Puis son doigt se dirigea vers la pleine mer.

Édouard chercha quelque temps la direction qui lui était indiquée : il finit par apercevoir un navire fort éloigné, dont on voyait cependant les voiles blanches reluire au soleil comme des nappes de l'argent le plus pur.

« Et cette mer qui gronde, et ces gros nuages qui s'amassent? dit Louise avec un accent douloureux ; croyez-vous que tout cela soit gai pour moi?

— Nous avons vu, lui dit Édouard, des mers bien plus

houleuses et des nuées bien plus noires, et aucun malheur n'est arrivé que je sache.

Quant au navire que nous voyons là-bas, rien ne nous dit que ce soit celui de Philippe; et d'ailleurs, lorsque Philippe sera revenu, nous aurons deux yeux de plus à éviter, voilà tout; tiens, Louise, vois comme tes compatriotes s'inquiètent de l'orage et du vent, ajouta le jeune homme. »

Et il lui montra sur la dune opposée, en face d'un bouchon d'où s'exhalait la double vapeur du tabac et du gros cidre, une ronde de marins et de paysannes qui se mettait en train, et chantait en alternant les voix d'hommes et les voix de femmes, la vieille ballade maritime dont le refrain arrive sans cesse comme une menace sombre :

> C'est babord qui gagne, qui gagne,
> C'est babord qui gagne tribord.

« Il faut nous éloigner de cette cohue, » dit Louise.

Et ils s'en allèrent tous deux vers les criques solitaires; et quand ils furent arrivés à une grotte que le flot a creusée dans le roc, et que la marée montante inonde régulièrement deux fois par jour, trouvant les dalles de pierre bien séchées par le soleil et le sable bien fin et bien moëlleux, ils s'assirent ensemble au seuil de la grotte, et peu d'instants après ils sommeillaient paisiblement dans les bras l'un de l'autre.

Cependant la mer montait toujours, et les nuages du ciel grossissaient à mesure. Le temps devint si mauvais que les chants et les rondes cessèrent, et que les vieux marins montèrent au plus haut point de la côte pour voir si quelque navire n'était pas en danger; mais un brouillard épais couvrait l'horizon, et il était impossible de rien distinguer sur la pleine mer.

Bientôt la pluie tomba à grosses gouttes, et le vent souffla avec violence : en un instant la plage fut déserte.

Lorsque la marée arriva à quelques pas de la grotte où reposaient Louise et Edouard, celui-ci, réveillé en sursaut par les grondements de la vague, fut effrayé en voyant qu'elle était si près ; son premier mouvement fut d'arracher Louise à son funeste sommeil ; et puis il se retint, en pensant qu'il serait toujours temps de l'avertir du danger. Aussitôt, il se mit à courir vers l'extrémité de l'anse la plus approchée de la mer, pour voir s'ils n'étaient pas emprisonnés par le flot au fond de la baie, et s'il y avait encore moyen de se sauver à pied sec jusqu'au village. Il vit que le pied de la falaise baignait dans l'eau, mais que cette eau était encore peu profonde, et qu'en prenant Louise sur ses épaules, il y avait encore certitude de la préserver du danger. Après s'être assuré de cette dernière ressource, Edouard revint en courant vers la grotte, où un affreux spectacle l'attendait.

Louise était à genoux sur la grève, les yeux égarés, les cheveux épars ; elle se penchait, elle tendait les bras vers quelque chose qui était à ses pieds, et qu'elle appelait Edouard. La pauvre fille avait rêvé, pendant son sommeil, au jeune homme qui l'avait séduite ; elle se voyait mariée à lui, riche, heureuse, enviée ; et sa bouche souriait encore de ces illusions de son rêve, lorsqu'un corps poussé en avant par la vague vint tomber à côté d'elle, et l'éveilla. C'était le cadavre de Philippe, dont le navire venait d'échouer, et la pauvre fille en était devenue folle ; et elle tenait le cadavre embrassé, l'appelant Edouard, mon cher Edouard !.... Et le véritable Edouard, celui qu'elle ne connaissait ni ne voyait plus, était là, debout, comme frappé de la foudre, et ne pensant plus au danger qu'ils couraient ensemble.

Pourtant la réflexion lui revint : il arracha la jeune fille au corps ruisselant qu'elle étreignait, la prit sur ses épaules, et malgré ses efforts pour se dégager, il la porta, tantôt en marchant et tantôt à la nage, jusqu'à un lieu sûr.

Arrivé là, il la posa doucement sur le sable, et s'enfonça dans les terres.

Aujourd'hui, Louise Letellier vit encore : elle est plus que

septuagénaire ; elle a de longs cheveux gris qu'elle abandonne
à la brise de son rivage : tous les jours, à l'heure de la marée
montante, on la voit venir, riant et sautant sur le sable,
disant à tous ceux qui passent qu'elle vient attendre Philippe,
le jeune pêcheur des mers du nord, et mêlant parfois à ce
nom le nom d'Edouard, qu'elle unit et confond sans cesse.
Et c'est quelque chose d'étrange et de déchirant que de voir
et d'entendre la vieille femme qui a conservé ses paroles et
ses allures de jeune fille, qui aime et qui croit être aimée
encore, la pauvre vieille ; car toute sa raison s'en est allée
sans qu'elle ait rien perdu des désirs et des émotions de son
cœur. Lorsque le vent siffle et que la mer devient houleuse,
les enfants d'Arromanches se plaisent à courir et à jouer le soir
autour d'elle ; et ils savent où la trouver ; car c'est à gauche de la
baie qu'elle va toujours ; et on l'entend de loin chanter de sa
voix aigre et cassée, le refrain qu'elle a entendu autrefois :

> C'est babord qui gagne, qui gagne,
> C'est babord qui gagne tribord.

Quant à M. Edouard Dawkins, il ne revint plus, l'été suivant, prendre des bains à Arromanches ; mais il paraît qu'on
le vit au printemps établi près de Venise, chez un pauvre

pêcheur dont il aimait les causeries , se baignant deux fois par jour dans l'adriatique , et errant avec un plaisir toujours nouveau le long des grèves. Car il n'avait pas perdu son instinct de fantaisie et d'aventures , et il cherchait sans doute encore quelque jeune fille des lagunes qui lui parlât de sa madone et de sa mère, en attendant le retour d'un fiancé.

2.

L'IRONIE.

Le mois de décembre commençait : depuis quelques jours un froid assez rude s'était fait sentir : mais ce soir-là, comme si l'hiver eût voulu temporiser et faire halte au moment de prendre sa course, il y avait eu relâchement dans l'atmosphère : la pluie tombait à flots, et les nuages roulaient rapidement dans le ciel.

A cette heure, la fenêtre d'une mansarde, fenêtre basse, étroite, et flanquée de gouttières de plomb, faisait voir le buste d'un homme, dont les coudes étaient appuyés sur la boiserie , et dont les deux mains soutenaient la tête baissée. Cet homme paraissait s'abandonner à une rêverie profonde , ou se plaire à écouter les vents du soir, ou respirer l'air à la fois plus humide et plus chaud qui lui venait du dehors. Du reste , on eût dit qu'il était insensible aux gouttes d'eau qui ruisselaient sur ses mains et sur son visage.

Tout-à-coup il se sentit frapper sur l'épaule et se retourna brusquement.

Il y avait entre les deux figures qui se regardèrent alors , un contraste étrange : l'homme qui était à la fenêtre devait être fort jeune encore ; on remarquait dans sa pose et dans certaines négligences passagères de sa physionomie , une mollesse et une candeur toutes juvéniles , que venaient contrarier singulièrement des altérations subites , une raideur d'automate , un accent rauque et saccadé. Le visiteur qui avait interrompu sa rêverie , était un de ces beaux vieillards qui s'emparent dès l'abord de votre affection et de votre confiance ; un de ces hommes privilégiés qui se perpétuent par la vie du cœur, et arrivent à la tombe avec la sérénité et presque la naïveté de l'enfance. A contempler ces deux têtes, qui se trouvaient rapprochées l'une de l'autre, on eût pu hésiter un instant avant de dire quel était le jeune homme et quel était le vieillard.

« Arthur! Arthur! dit l'homme à tête blanchie , avec un ton de bienveillance grondeuse : je vous surprends encore dans vos accès de contemplation et de solitude : vous savez pourtant bien que cela est contraire à toute moralité et à toute sagesse. Quiconque possède une tête et un bras ne doit pas rester oisif au milieu du monde.

— Sans doute , interrompit le jeune homme , la vie active est obligatoire pour tous : mais ne m'avez-vous pas répété souvent que j'étais né poète, et ne devez-vous pas établir une exception en faveur de cette race de victimes ?

— Vous vous abusez étrangement, Arthur, si vous croyez que la poésie soit ce que vous la faites. Les Scaldes disaient que c'était un breuvage composé avec du miel et du sang de géant. Vous n'avez voulu prendre que le miel , vous, et vous vous êtes écœurés bien vite, car la force manquait. Aussi vous arrive-t-il tous les jours de reculer , comme des gens sans courage, en face de l'avenir. La plupart de vos poètes ne doivent véritablement attribuer qu'à eux-mêmes leur abandon et leur misère. Ils sont comme les femmes en mal d'enfant : ils avortent souvent et se plaignent toujours. Aussi faut-il en toute hâte , lorsqu'un besoin impérieux de production vient les surprendre, les étendre comme elles sur un grabat. Mais, voyons, qu'avez-vous fait dans ces derniers temps ?

— Rien , je crois ; rien absolument , dit Arthur, comme s'il cherchait dans sa mémoire , avec une espèce de honte , si aucune œuvre utile un peu présentable n'avait germé au milieu de la monotonie de sa retraite : quelques vers ina-chevés : quelques lambeaux de roman : une lettre ou deux , que j'ai aussi négligé de finir. Tenez , monsieur, ajouta-t-il péniblement , vous rirez tant qu'il vous plaira des René de collège et des Chatterton de bas étage ; mais je ne me sens aucun attrait suffisant pour les choses qui m'entourent : la vie idéale dans laquelle j'avais cherché un refuge, est devenue pour moi aussi pauvre et aussi prosaïque que la vie réelle ; car rien ne résiste en ce monde à une analyse tant soit peu sérieuse , et les hommes qui marchent le plus droit dans la vie me font l'effet d'être ceux-là même qui la connaissent le moins.

— Ainsi donc , vous n'avez rien fait, mon cher ami ; vous êtes demeuré là seul, accroupi, immobile, regardant la fumée sortir des toits et la pluie tomber du ciel ; ou vous con-templant vous-même , assiégé que vous êtes , par toutes les passions et tous les besoins, comme ces quiétistes de Cons-tantinople , qui passaient des journées entières , attachant un regard mystique sur leur nombril , pendant que l'armée turque entrait par la brèche , et menaçait d'anéantir leur re-ligion et leur patrie.

— L'ennemi aurait chez nous peu de ruines à faire, dit mélancoliquement le jeune homme; et, sans ressembler à ces pâles chrétiens d'Orient, à ce troupeau de lâches et de fanatiques, qui ne valaient pas les boulets de pierre du sultan, je ne vois pas pourquoi nous ne pourrions point, comme les sénateurs au sac de Rome, attendre la mort, muets et froids, sur nos chaises d'ivoire.

— Oh! ne vous drapez pas encore, messieurs les martyrs : les barbares ne sont pas près d'arriver à vous, et il y a, avouez-le, beaucoup d'orgueil dans vos airs de vaincus, et beaucoup d'impatience contrainte dans votre attitude résignée. »

En parlant ainsi, le vieillard regarda le jeune homme, et il le vit si défait et si morne; il lut sur sa figure tant d'abattement et de souffrance, qu'il s'émut et eut pitié.

« Tenez, reprit-il, la vieillesse est conteuse : elle ressemble à ces rivières qui ont entraîné avec elles tant de roseaux et tant de sable, qu'à la fin leur cours en est quelquefois obstrué. Mon aïeul avait pour ses petits enfants des récits frappants et simples, sous lesquels se cachaient toujours un enseignement utile et une haute vérité morale. J'ai retenu tel de ses contes qui pourrait vous profiter encore, s'il ne vous endormait pas. »

Arthur témoigna par un geste assez froidement respec-
tueux qu'il était prêt à écouter, et son interlocuteur continua
ainsi :

« Edmon de Thiave était au début ce que vous êtes presque tous quand l'arbre n'a pas été vicié dans sa racine,
c'est-à-dire, un jeune homme droit et bon, dévoué et sympathique. Il marchait au but avec la sécurité des consciences
pures, sacrifiant peu aux idées, ou plutôt aux paradoxes du
siècle, et envisageant la vie, non comme une maîtresse que
l'on abandonnera dédaigneusement après l'avoir déshonorée,
mais comme une épouse que l'on aime long-temps et qui
vous honore toujours. Il y avait sans doute au fond de sa
nature ce levain de souffrance et de fiel auquel nulle autre
nature ne peut se soustraire ; mais chez lui, cet élément demeurait dans ses limites et dans son rôle : il renfermait juste-
ment assez d'amertume pour relever l'élément vertueux et
lui donner une saveur ; il n'en contenait pas assez pour l'em-
poisonner et le détruire.

Edmon arrivait à cette maturité de la jeunesse, qui commence à s'interroger et à se comprendre. Il aimait singulièrement alors le recueillement et les joies intérieures. Il y a en
effet une époque de l'existence, époque critique et décisive,
où il faut que l'homme se concerte longuement avec lui-

même , avant de se hasarder et de faire un choix. Ces heures
de méditation sont rarement libres et sereines , parce que
beaucoup de gens n'en sentent pas ou en ont oublié la nécessité ; parce qu'il se trouvera toujours des niais dont la curiosité vous déconcertera bien vite , ou de lourds espiègles qui
se plairont à jeter quelque poignée de sable dans l'eau transparente où votre jeune âme allait se mirer.

La famille d'Edmon se chagrina beaucoup de son goût
pour l'isolement et de son humeur sauvage. *Malesuada soli-
tudo!* soupirait un oncle en bésicles , qui ressemblait à un
vieil abbé , et qui n'avait été que procureur. On tourmenta le
pauvre jeune homme , on le remua de mille manières ; on lui
chercha des amis , des distractions , des plaisirs : on fit si
bien qu'il prit goût à toutes ces choses. Il ne retrouvait plus
ses élans vers le beau , sa sainte et naïve crédulité de l'enfance. La tête devenait pesante et lasse ; le cœur obéissait à
des alternatives très-irrégulières d'exaltation et de calme ,
d'abattement et de fièvre : la bonne nature s'en allait.

Edmon s'était aperçu que la langue qu'il s'était faite dans
la solitude , et qui suffisait si bien à ses paisibles entretiens
avec lui-même , n'était nullement la langue du monde au
milieu duquel il se trouvait jeté. L'exclamation dominait dans
cette langue primitive : le sens qui admire avait été trop

développé en lui pour que chacune de ses paroles ne s'y rapportât pas, au moins d'une manière indirecte : son enthousiasme indiscret était comme ces grelots que les pâtres suspendent au cou des génisses, et qui résonnent toujours, et qu'on ne peut condamner au silence, qu'en les supprimant.

Une disposition aussi expansive était déplacée dans la sphère où Edmon avait été poussé. Plusieurs mystifications qu'il eut à subir l'en corrigèrent ; et il sut bientôt, aussi adroitement que les autres, faire chatoyer au bout de sa langue le parlage artificiel des salons.

Le novice était loin d'avoir pris tous ses degrés dans la science ; mais les initiateurs abondent. Ce que l'on appelle la bonne société est un enseignement mutuel où les moniteurs sont toujours les sujets les plus médiocres au fond et les plus ridicules, selon la forme. Du reste, ils rencontrent ordinairement dans leurs subordonnés une abnégation complète, et une soumission tout-à-fait exemplaire.

En dépit des leçons empressées de ses maîtres, Edmon avançait pourtant encore bien lentement dans la voie. Un accident imprévu et fatal vint lui faire hâter le pas.

L'espèce humaine, et surtout cette précieuse variété de l'espèce qui constitue la race fashionable, est possédée de la passion des contrastes : le blanc sur le noir ; le laid près du beau ; un échafaud qui se dresse à côté d'un bal qui finit : toutes ces oppositions flattent merveilleusement le goût dépravé des gens à la mode. Il n'y a pas jusqu'à leur habitude de changer l'ordre du jour et de la nuit , faisant rayonner le gaz et les bougies roses au sein de celle-ci, tandis que l'autre est consigné aux portes des boudoirs à l'aide de triples rideaux de soie ; il n'y a pas, dis-je, jusqu'à cette habitude qui n'indique à tout instant leurs tendances et leur système.

Un jour, Edmon était allé , en compagnie de plusieurs étourdis, promener son désœuvrement au *Père Lachaise.* Les longues allés des tuileries et les courses au bois ne suffisant plus à ces messieurs , ils étaient venus chercher parmi les tombeaux , en attendant l'heure des *Bouffes ,* quelque satisfaction nouvelle et quelque parfum de fleurs inconnues. Leur plus malin plaisir était de déchiffrer les épitaphes, ces accents de la douleur que la douleur seule peut comprendre , ces pieuses larmes échappées à des yeux de fille ou de mère , et qui tombent sur le pavé , au risque d'y rencontrer la boue. Une pierre modeste , placée sous un berceau d'arbres verts , fixa l'attention des promeneurs : il se faisait tard ; et le moins myope d'entre eux eut peine à lire sur une des faces de la tombe l'expression touchante des regrets d'une pauvre veuve, restée seule à vingt-deux ans. Je ne sais quelle irrégularité

de style ou quelle délicatesse de pensée, inabordables pour
ces sortes d'intelligences, pouvait prêter matière à un mot
plaisant; mais le sarcasme partit, indolent et satisfait de lui-
même, et une explosion de rires l'accueillit aussitôt.

En cet instant, une femme qui priait agenouillée derrière
le tombeau, se leva, belle et pâle sous ses vêtements de
deuil. Les pleurs qu'elle venait de verser s'étaient arrêtés
comme pétrifiés le long de ses joues. Elle jeta, sans se tromper, un regard indéfinissable sur l'homme qui avait plaisanté
et ri en lisant l'épitaphe. Puis elle retomba à genoux et continua sa prière.

« Or, c'était Edmon de Thiave qui avait ainsi ricané sur
une tombe.

Cette saillie lui porta malheur. Le rire dont il avait abusé
s'attacha à lui comme ces mauvaises odeurs de tabagie qui se
logent dans vos habits et trahissent partout les lieux que vous
hantez. Socrate avait son démon familier qui l'invitait à la
vertu : Edmon eut le sien qui le conduisit au mal. Le rire
froid et sombre devint son persécuteur et son bourreau. Son
âme maudite fut une sorte de Juif-Errant, sans repos et sans
asyle, effleurant toutes choses, et ne pouvant s'attacher sérieusement à aucune ; mais trouvant toujours au fond d'elle-
même, lorsqu'elle croyait sa substance épuisée, de nouvelles
ressources pour souffrir.

Il fut d'abord étonné de cet anathème mystérieux dont il ne connaissait ni tout le poids ni toute la durée. Il se prit à courir effrayé de lui-même, et secouant en vain la tunique vengeresse qui dévorait ses épaules. Cette fuite inutile lui révéla de plus en plus le secret de son mal. Entrait-il dans un temple, il croyait voir la figure du prêtre rire et blasphémer au-dessus de l'hostie sainte qu'il élevait aux regards du peuple. S'il pénétrait dans un cercle politique, il pensait à ces étangs féodaux dont le seigneur faisait de temps à autre battre les eaux par les mains des serfs, pour réduire au silence les bêtes coassantes qui l'étourdissaient. Les philosophes, ces arbitres suprêmes des siècles de raison, qui se subdivisent eux-mêmes en matérialistes et spiritualistes, lui faisaient de loin l'effet de ces vieux conducteurs de mules chargées de leurs paniers doubles, dont un côté contiendrait la Matière et l'autre l'Esprit; il se plaisait à les voir s'agiter en tous sens pour maintenir l'équilibre entre ces deux fardeaux mobiles, parfois annulant l'un pour augmenter l'autre, et traînant à grand'peine leur monture au milieu du chemin de fantaisie qu'ils s'étaient tracé sur le sable.

Je ne saurais vous dire tous les dévergondages bizarres que son imagination confuse lui offrit. Comme il avait reçu une de ces éducations que l'on est convenu d'appeler brillantes, parce

que tout leur éclat est à la surface , la faculté critique trouva
en lui quelque aliment; et il se fit dans le monde la réputation
d'un homme fort spirituel et tout-à-fait original. Il se laissait
souvent aller aux provocations adroites dont il était l'objet ;
mais la fatigue que lui causait cet exercice le faisait bientôt
rentrer en lui-même , et la fatalité , qui avait fait de lui son
esclave , lui apparaissait alors dans toute sa laideur.

Il espéra un instant que les femmes viendraient à bout de
le guérir. La femme est en effet l'être le plus naïf et le plus
croyant qui se rencontre ici-bas. Il y en a qu'une contraction
sardonique effarouche , et qui n'ont jamais pu comprendre
une plaisanterie contre nature. Il y en a qui n'ont jamais su
que sourire ; et celles qui vont plus loin tombent habituellement dans cet interminable rire d'Homère , qui convient si
bien aux santés luxuriantes de l'âme et du corps. La femme ,
que l'on peint si mobile , au point que les physiciens hermé-
tiques avaient donné au mercure le nom de *Femme Blanche,*
a été pourtant jusqu'ici l'élément résistant et conservateur.
Celles qui ont recueilli une religion au pied d'un instrument
de supplice , ont transmis cette religion à de longues suites
de générations humaines , et elles en sont encore le plus
ferme soutien. C'est à elles que nous devons le salut de la
famille , qui est, à ce qu'on dit, la pierre angulaire des socié-

tés ; c'est à elles qu'il faut reporter la sympathie capricieuse que l'on témoigne , par intervalles , en faveur des indigents et des proscrits , ces orphelins abandonnés de la cité et de la patrie. Les philanthropes qui prêchent comme une nouveauté l'abolition de l'expiation par le sang , ne semblent pas se douter que tous les instincts de la femme ont éternellement protesté contre le règne brutal de la violence : et , s'il y a encore un peu d'amour et de poésie en ce monde, je demande quels sont les anges gardiens qu'il faut remercier de ce bien-fait.

Edmon crut donc un instant à la femme , et cette croyance répandit sur son cœur-aride une douce rosée ; mais avec la triste facilité qu'il avait pour découvrir le laid au travers ou même à la place du beau ; le squelette difforme sous les graces vivantes de la chair, il ne put garder long-temps ses illusions. Et quand il se persuada enfin qu'il touchait à un idéal bien des fois rêvé , ce fut là son plus grand supplice. L'amour était trop au-dessus de ses forces ; il se sentit aimer sans trou-ver en lui le pouvoir de répondre à cette tendresse ingénue : et , par je ne sais quelle hésitation coupable , le courage d'a-vouer cette impuissance lui manquait toujours ; il ne trouvait que celui de se voiler et de mentir , en présence de celle qui s'épanchait et avait foi.

Allez ! c'est déjà un désolant spectacle que celui du monde, pour le regard froid et nud que rien ne prépare ni n'arrête, et qui se met brusquement et sans gradation en rapport direct avec les hommes et les choses. Il est bien triste de voir tomber devant soi les oripeaux dorés qui couvraient l'idole, s'évanouir l'auréole de clinquant qui entourait son front ; se dérober le haut piédestal sur lequel ses pieds se posaient. Mais quand, à cette vérité nue et sévère, l'œil qui cherche le mal ôte le peu de charmes qui survivent, et ajoute au contraire une laideur et une difformité qui ne sont pas, alors la nudité devient horrible et repoussante ; alors le regard du spectateur se détourne d'elle avec dégoût.

Edmon de Thiave obéit long-temps aux désastreuses impulsions de ce tic moral qui le faisait se crisper continuellement en face du côté heureux et favorisé de toutes choses. Il alla trouver, l'une après l'autre, les mille sensations du plaisir et les mille émotions de l'âme, marchant sur elles, après avoir appris à les mépriser. Il finit par ne plus aimer son dieu, ni sa patrie, ni sa mère, ni lui-même : car il se faisait souvent sa propre victime ; il lui vint plus d'une fois à l'esprit des sarcasmes fort plaisants avec lesquels il aurait pu flétrir tout ce qui restait en lui de sentiments purs et honorables ; et il s'insurgeait alors contre le malheureux débris de respect humain qùi lui interdisait de divulguer ses découvertes.

Les intelligences ainsi désorganisées sont plus dangereuses qu'on ne le pense, parce qu'il n'existe plus de frein moral qui les arrête, et qu'elles se prennent fort aisément de familiarité avec les lois sociales les plus saintes, dont elles font volontiers leurs points de mire et leurs jouets. Aussi Edmon dut-il rendre grace aux barrières naturelles qu'il côtoya sur sa route ; et pourtant je ne sais trop ce qui serait advenu pár la suite, s'il n'était mort.

— Assurément ce fut ce qu'il fît de mieux dans sa vie, dit Arthur.

— Oh! ne violez pas, vous aussi, l'asyle sacré de la tombe. Du reste, je vous avoue que je ne pus me défendre moi-même d'une velléité d'amère moquerie, lorsqu'on me montra le lieu où Edmon avait été enterré. C'était une petite tombe blanche, avec une jolie croix blanche, et une statuette en marbre blanc, dont les yeux regardaient le ciel. Il y avait aussi une multitude d'emblêmes, d'inscriptions émues, de points d'exclamation, de larmes sculptées en relief : et puis autour, quelques fleurs timides que de belles mains venaient parfois arroser. Le mensonge est si étroitement attaché à notre pauvre vie, qu'il vient encore, comme le fidèle chien de l'aveugle, s'accroupir et pleurer sur notre tombeau.

— Sans doute, reprit Arthur, après un moment de recueillement et de silence, le mal que vous signalez est grave et
universel. L'ironie s'est fait jour au défaut de toutes les armures. Elle a pris fastueusement possession d'un empire
qu'on n'osait plus lui contester. Elle a profité du sommeil des
opinions et des croyances pour s'asseoir sur leurs corps gi-
sants, comme un vampire, et pour s'assimiler leur substance
la plus précieuse. Mais croyez-vous de bonne foi qu'il y ait
au monde une autre force capable de combattre et d'anéantir
la sienne?

— Je ne sais si je me trompe, mais cette puissance, qui
nous semble aujourd'hui parvenue à son apogée, pourrait
bien aussi être voisine de sa chute. Parce qu'il y a une distance énorme entre le français malin de M. Despréaux et le
français ironique de nos jours, entre la disposition morale
qui a voulu Scapin et celle qui accueille Robert-Macaire, on
nous croit plongés dans le mal jusqu'aux épaules. Mais re-
marquez-le bien : l'ironie est arrivée petit à petit de Voltaire
à Byron, de l'intelligence à la volonté, de la tête au cœur;
et il y a un progrès dans cette émigration successive. J'ai
bonne opinion de tout ce qui se fait par le cœur : il y a là-
dedans un feu qui renouvelle et qui purifie. . La foudre qui
parfois coupe les mâts et brûle les voiles des navires, guérit

aussi parfois un passager goutteux et paralytique. Il ne faut qu'un trouble imprévu, une agitation radicale et profonde pour remettre sur pied ce qui était abattu. Les crises des passions et les désordres de la moralité ressemblent en ce point aux excès politiques et à l'enivrement révolutionnaire : ils prophétisent la réaction et le retour à l'ordre.

Je vous demande pardon, ajouta le vieux moraliste, de vous tenir si long-temps sur une situation et sur une idée : c'est que cette situation et cette idée sont ce qui est le plus capital aujourd'hui. J'ai usé de peu de ménagements en vous disant ces choses ; car vous n'êtes pas de ces êtres encore non éprouvés, de ces natures vierges, qui se trouvent placées par la providence au-dessus de tous les nuages, comme les étoiles du ciel. Vous n'en êtes plus même à cette Ironie qui est le caractère saillant de l'époque. Après avoir été la femme qui pleure et qu'on injurie, vous êtes devenu par rancune l'homme qui rit et qui outrage ; puis la vanité du rire vous est apparue, et vous vous êtes réduit à un rôle neutre, au rôle du duelliste en retraite, qui ne se bat plus, mais qui fait peur.

Croyez-moi, cessez de vous tenir ainsi sur la défensive ; ce n'est pas en tâtonnant et l'arme au bras que l'on doit marcher à la conquête de l'avenir, Les hommes de la plus forte trempe s'annullent par l'hésitation et par le doute : et ceux qui restent blottis derrière quelques démolitions pour éviter le vent qui souffle et l'orage qui passe, manquent à leur mission et à leur dignité d'hommes.

Le principe dissolvant ayant perdu sa vertu destructive fera place à un élément plus harmonique ; et l'Ironie, qui a fait son temps, dépouillera son caractère de nécessité pour ne plus être qu'une fantaisie d'artiste et une distraction après le travail. »

Le vieillard et le jeune homme eurent quelques entretiens pareils qui portèrent leurs fruits. Arthur cessa de se décourager et de se plaindre. En examinant attentivement chaque chose, il fut surpris de tout ce qu'il y avait encore de bon et d'utile au fond de toutes ; et il s'appliqua énergiquement à en tirer le meilleur parti possible. Il renonça à son système de solitude, alla se retremper au grand air, et on le vit souvent cheminer en causant avec le bon vieillard qui l'avait guéri, fier de son amitié consolante et toujours avide de ses leçons. C'est encore une preuve de la supériorité qui appartient à notre monde sur les sociétés primitives, que cette vénération dont les hommes d'âge sont entourés parmi nous. Les nations barbares tuaient leurs vieillards, dès qu'elles n'en savaient plus que faire ; notre civilisation les honore comme ses medèles , et les place à sa tête comme sa plus belle parure. Au milieu de tous les cultes renversés , le culte de la vieillesse est resté debout ; et l'inviolabilité la mieux respectée sera toujours celle des cheveux blancs.

3.

LA PIERRE DE CARNAC.

Hélas ! lorsque l'œil s'ouvre à des clartés nouvelles,
Lorsque pour les atteindre on agrandit ses ailes,
Faut-il qu'un bras de fer les replie en linceul ?
Hélas ! deux jeunes fleurs qu'un même souffle tue,
Et, sur le sol maudit que consolait leur vue,
Un arbre de la croix, sombre, immobile et seul !

Pierre GRINGOIRE.

J'aimais à contempler les pierres druidiques.

Elie MARIAKER.

Il y avait, ce jour-là, beaucoup de bruit et de remuement au bourg de Carnac ; c'était dimanche, d'abord, et puis c'était la fête du patron de la paroisse, la fête de saint Corneille, connu à trente lieues à la ronde pour les prodiges qu'il fait chaque année en faveur de tous les bestiaux de la province ; car sa spécialité attire presque autant de pèlerins qu'il en vient à la grande chapelle de Sainte-Anne d'Auray, implorer, pour eux-mêmes ou pour leurs familles, l'intervention de la sainte miraculeuse.

Après les stations à l'église et à la fontaine surmontée d'une pyramide de granit, après les prières et les litanies d'habitude, étaient venues les heures de délassement et de réjouissance. Le pardon s'organisait sur la lande embaumée de bruyères rouges et dé genêts verts ; et comme c'était au mois de septembre, et qu'un beau soleil égayait la fête, pas un des arbres qui croissent si rares aux environs de Carnac, pas une masure de la plaine ne chômaient de têtes bretonnes et de joyeux convives. En dépit même des recommandations et de la surveillance du curé, un mendiant de Kergrouet avait embouché le *biniou* provocateur, et une ronde champêtre s'était mise en train. Les vieux mangeaient la bouillie de blé-noir, qu'ils détrempaient abondamment dans le cidre clairet du pays ; et les petits enfants qui n'avaient pour se distraire, ni l'orgie du cabaret, ni les plaisirs prohibés de la danse, s'étaient dirigés par bandes vers le moulin de Menec, où leurs courses capricieuses allaient et venaient sur les bruyères, au pied des grandes roches druidiques qui semblaient les menacer de leur chute.

Pourtant tout le monde n'était pas occupé à boire dans les *bouchons*, ou à danser sous les ormes, ou à s'ébattre au pied des *menhirs* : quelques couples isolés se détachaient des masses bruyantes, cherchant la solitude, et se retournant

quelquefois, dans la crainte d'être suivis. On eût pu rencontrer entre autres, sur le chemin de Carnac au Menec, un
jeune breton et une jeune *brette,* deux enfants, deux jumeaux,
eût-on pu croire ; car ils étaient à peu près de même taille ;
car leurs cheveux bruns flottaient aussi longs et aussi beaux
sur leurs épaules; et il y avait dans l'éclat de leurs yeux noirs
et dans les traits de leur riante physionomie quelque chose de
sympathique et de fraternel.

— Gildas ! disait Marie, dans ce beau langage breton,
accentué et poétique comme une langue d'Orient, énergique
et pur comme un idiôme du nord ; Gildas, tu n'as pas averti
ta mère de notre promenade aux champs; et elle sera inquiète,
ta mère, car elle t'aime ; et depuis que son mari est dans le
ciel, elle n'a eu que pour toi des caresses ou des larmes.....
Si tu voulais, Gildas, nous retournerions au bourg.

Gildas souriait. — Tu as raison, Marie, lui dit-il ; nous ne
suivrons pas ces enfants qui jouent ; et nous ne nous éloigne-
rons pas de nos mères.

Puis, lui montrant un *dolmen* hardiment posé sur ses trois
bases de granit :

— Asseyons-nous sur cette pierre, ajouta-t-il ; et quand
les enfants reviendront du Menec, nous reprendrons avec
eux le chemin du bourg.

Marie s'assit en silence, et en sentant le corps du jeune homme se poser auprès d'elle sous l'antique autel, elle éprouva pour la première fois un léger frissonnement dans tous ses membres; son front d'enfant rougit sous sa coiffe flottante, et elle se reprocha un instant d'avoir cédé aux désirs de Gildas.

— Avoue, Marie, que tu n'es pas toujours douce et facile pour moi. Nous nous voyons à peine le dimanche, et je te trouve chaque fois plus réservée et plus sérieuse. Quand je t'ai parlé, tu regardes ta mère avant de répondre, et tu n'oses t'éloigner d'elle; et, à la veillée, tu t'assieds à ses côtés, bien près, le plus près possible, comme si tu enviais la place du petit oiseau des bruyères qui se blottit dans son sein.

— Mais, Gildas, est-ce donc un mal d'aimer sa mère?

— Oh! je ne dis pas cela; car une mère, et une mère comme les nôtres, c'est le plus beau jouet des petits enfants, et la plus belle parure des jeunes filles, et la meilleure amitié de l'homme qui a grandi. La mienne, tu sais, travaille et se tourmente, la pauvre femme, pour me nourrir et me préparer une bonne voie dans le monde; et la vieille fée du canton, en descendant chez elle la veille de saint André, l'a bien souvent grondée et menacée pendant que je dormais, parce qu'elle la surprenait veillant et filant encore après minuit. Aussi je l'aime bien, ma mere; mais, va! je sens qu'il y a quelqu'un

au monde que je pourrais encore aimer davantage ; et, lorsqu'elle m'embrasse le matin , je lui rends quelquefois son
baiser, en pensant que je le donne à une autre.

Marie était muette , mais elle rêvait.

— Je sais bien , Marie , ce qui te déplaît et te repousse en
moi : c'est que tu as appris à lire et à prier chez les dames ur-
sulines de Vannes , tandis que moi , je suis un pauvre igno-
rant , qui ne sais pas même trouver un *pater* sur un chapelet
de coquillages, parce que notre recteur n'aimait pas mon père,
et qu'il n'y a pas d'école à *la Trinité*. Je sais bien que tu'
tiens une plume mieux que je ne remue une rame , et , pour
tout dire , je sais que tu rougirais de moi.

— Oh! non , interrompit la jeune fille.

— Alors, c'est mon état de marin qui t'empêche de m'aimer; car je suis à Quiberon et à Belle-Isle plus souvent que
chez nous , et Dieu sait où la barque du pêcheur peut le conduire !

— Je te suivrais partout, dit Marie !

Et un regard passionné, vif et rapide comme l'éclair, partit
de ses yeux et vint éblouir ceux de Gildas. Puis , comme si
elle eût eu honte de cet élan imprévu, elle baissa la tête et
s'éloigna un peu : le jeune marin , se penchant vers elle, la
rapprocha doucement et sans effort : car leurs deux cœurs

en avaient fini avec toutes les craintes et tous les doutes : les rêves et les désirs de l'adolescence s'étaient déjà glissés à travers l'innocence du premier âge, et une causerie plus intime commença.

En ce moment, la troupe d'enfants qui s'était répandue dans la plaine, revenait, bruyante et joyeuse, vers le bourg ; ils avaient couru long-temps entre les rangées des roches druidiques, ou, selon la superstition du pays, entre les files des soldats païens qui poursuivirent saint Corneille, et que saint Corneille changea en pierres. Les plus hardis et les plus forts de la bande avaient grimpé sur un bon nombre de ces pyramides informes, et, aidés de leurs camarades qui en ébranlaient la base, ils avaient fini par renverser les moins solides, en s'écriant triomphalement à chaque chute : « Encore un soldat de saint Corneille qui tombe ! » Animés par le succès de ce jeu bizarre, ils se précipitèrent en passant vers le dolmen un peu boîteux qui se trouvait sur la route ; et, dès le premier choc, les pierres qui servaient de soutien s'étant affaissées, l'immense table de granit tomba, et vint frapper la terre avec un bruit sourd. L'armée enfantine défila en riant.

Lorsqu'elle fut revenue à la maison de chaume, et que les grands parents, après quelques mots de gronderie pour les teints brunis et les petits fronts en sueur, demandèrent ce qu'étaient devenus Gildas et Marie, les enfants ne purent rien répondre, et on s'occupa d'autre chose.

Mais, quand les danses eurent cessé, que les auberges devinrent plus silencieuses, et que le soleil vint à se perdre à l'horizon dans un large sillon de vapeurs rouges, la mère de Gildas, qui avait hâte de repartir pour sa petite ferme de *la Trinité*, s'impatienta de l'absence prolongée de son fils. Une heure d'attente s'écoula encore, et les jeunes gens ne reparaissaient pas. Alors les deux mères inquiètes se mirent à leur recherche; elles parcoururent le village et les jardins qui l'entourent ; de là, elles s'engagèrent dans la campagne, regardant par dessus chacun des petits murs sans ciment qui bordent les landes de la commune, et appelant bien haut Marie et Gildas. — Nulle voix et nul écho ne répondaient à leurs cris.

Elles étaient tristes et éplorées, les pauvres mères qui couraient ainsi côte à côte sur les ronces et les ruines, l'œil mobile et l'oreille tendue, retenant les larmes qui les auraient empêchées de voir autour d'elles et maudissant la nuit qui venait. Elles se hâtèrent de gravir le tertre isolé du *Sémaphore*, et, adossées à la chapelle de Saint-Michel, brisées de fatigue et à demi mortes de crainte, elles promenèrent leurs regards sur toute la plaine et dans toutes les directions : d'abord les environs du bourg, et les petites criques de la côte,

bordées de tas de sel disposés en cônes blanchâtres, et la
grande mer qui dormait sur son rivage, silencieuse et calme
comme une morte; puis, de l'autre côté, plus couvertes et
moins lumineuses, les campagnes qui s'avancent vers l'intérieur; terrain sombre, coupé par quelques lignes blanches;
et, depuis le moulin de Menec jusqu'à celui de Kermo, l'armée immobile des menhirs, pyramides irrégulières, plantées
par la pointe, entre lesquelles venaient mourir les derniers
vents et les derniers bruits du soir.

— Rien au bourg, rien ici, rien nulle part! se disaient les
pauvres femmes, et elles regardaient, et elles écoutaient encore : mais tout restait immobile et inanimé, et le cri lugubre
des mouettes de la côte était le seul son connu qui traversât
les solitudes pour arriver jusqu'à leurs oreilles attentives.
Enfin, la nuit se faisant noire, elles redescendirent en pleurant.

Ce ne fut que plusieurs heures après, bien tard, lorsque
les habitants de Carnac, émus de ces angoisses et de ce désespoir de mères, eurent quitté leurs lits pour prêter secours
aux pauvres affligées ; ce ne fut que quand les champs d'a-
joncs et les chemins du voisinage resplendirent aux mille
lueurs des falots et des lanternes errantes, que l'on commença
à découvrir les traces des jeunes amants. La tige de millet que

l'on avait remarquée le matin au chapeau de paille de Gildas avait été trouvée sur l'herbe , et , en suivant la route où quelques personnes se rappelèrent les avoir aperçus , on arriva auprès du Dolmen fatal. Les campagnards furent frappés du renversement de cette grande pierre , qu'ils avaient toujours respectée ; leur attention fut attirée aussi par la présence de quelques taches rougeâtres qui avaient jailli à travers les jours que le rocher avait laissés en tombant , et coloraient le sable nu sur lequel il repose. On prit des pioches et des leviers ; on fouilla sous le granit et sous le sol , et bientôt , au pâle reflet des flambeaux que portait la foule , on vit les mains de ceux qui avaient creusé la terre , amener lentement deux corps entrelacés et sanglants , deux cadavres informes dont les vêtements seuls indiquaient le sexe , tant ils avaient été confondus et broyés par l'horrible pierre.

On croit encore à Carnac que ce sont les hideux *Cornandons*, les génies des bruyères et des ténèbres , qui avaient entraîné par jalousie ces deux beaux enfants à l'ombre de leur roche pendante, et qui les avaient écrasés sous son poids. Du reste , l'instrument de douleur n'est plus à craindre ; il a été purgé et sanctifié par la croix sainte : en sorte que les étrangers qui partent de Carnac pour se rendre au Menec , ne peuvent s'empêcher de voir à leur gauche , et à très-peu de distance du bourg, un Dolmen renversé, sur la table duquel a été posé un long calvaire de granit : calvaire déjà vieux et à demi-brisé lui-même ; car les religions nouvelles sont comme les nouvelles amours, qui placent le portrait de la seconde femme aimée à côté du portrait de la première, et vont bientôt rejoindre celles qui ont précédé, au sein de la solitude et de l'oubli : car il viendra peut-être aussi un temps où l'on ne saura plus distinguer la vieille ruine de la jeune ruine, et où elles seront devenues toutes deux une énigme mystérieuse, inscrite au front de sphinx de granit que les maçons transforment laborieusement en pierres de taille, et que les antiquaires inventorient pour en faire à leur choix, des autels celtiques ou des autels romains, des portes de temples ou des assises de juges, des bornes de camps, des tombeaux d'ancêtres, des monuments de races et de civilisations perdues : — tandis qu'à côté du calcul étroit de l'architecte et de l'hypothèse confuse du savant, se place l'idée populaire, idée poétique et crédule, idée parfumée des exhalaisons du terroir et empreinte des couleurs du ciel, qui rattache à tout débris inconnu une histoire triste et touchante ou une tradition bizarre, et, dans tous les cas, un puissant intérêt de superstition et de souvenir.

4.

LA FEMME DU POÈTE.

Elles étaient deux sœurs, deux sœurs jumelles que le même sein de mère avait portées et nourries, comme deux roses de nuances diverses que l'on aurait greffées sur la même tige. L'une, qui s'appelait Marie, et qui était aussi belle et aussi douce que son nom, avait accepté les choses du monde sous leur forme la plus naturelle et la plus simple, marchant paisiblement dans sa voie, et souriant étourdiment à l'avenir. Sa jolie tête ne se penchait quelquefois pour rêver et pleurer, que quand ses yeux avaient rencontré ceux de sa sœur, et qu'elle y avait surpris une expression étrange, brusque, mystérieuse, un désir et une souffrance, un éclair et une larme, comme aux jours d'orage. La pauvre enfant alors tremblait, se faisait attentive, inquiète, suppliante : son cœur, à elle, était un livre ouvert à tous ; une page blanche encore, mais éclatante par sa blancheur même ; et elle ne comprenait pas qu'il y eut des cœurs fermés et des douleurs voilées ; elle ne savait pas ce que pouvaient être une contraction amère sur des lèvres roses, une tache sombre sur un vêtement de lin, un nuage dans le ciel.

Un soir, les deux jeunes filles étaient seules au balcon : l'air était pur, et la nuit sereine : Anna semblait insensible et aux parfums qui s'exhalaient autour d'elle, et à ces mille harmonies de la nature, arrivant à l'âme enchantée comme les sons d'un clavier divin.

« Anna ! ma sœur, lui disait Marie, comment peux-tu ce soir être triste et chagrine? Notre mère nous a baisées au front avec plus d'effusion que jamais ; et la douce amitié qui nous unit toutes deux ne devrait-elle pas suffire pour calmer ton âme soucieuse ? Dis-le moi, qu'éprouves-tu ?

— Tais-toi, Marie, tois-toi ! » interrompit Anna, en couvrant de sa main la bouche entr'ouverte de sa sœur.

Et elle prêtait l'oreille, comme si elle eût entendu un bruit

lointain de voix ou de pas ; et rien ne venait. Alors une impatience nerveuse se peignit sur sa physionomie. Anna était
un de ces êtres malheureux qui attendent toujours ; de ces
êtres qu'un coup de marteau fait tressaillir , et qui se retour-
nent vivement à chaque porte qui s'ouvre, comme si quelque chose de nouveau et d'imprévu dût bientôt entrer. Hélas!
ce qui survient ainsi parfois est bien rarement le bonheur.

En ce moment , sur la colline qui dominait la maison
champêtre de M. Büller , une forme humaine vint à se dessiner dans les brumes colorées du couchant , et un jeune
homme, vêtu de noir, descendit lentement le sentier qui me-
nait au village.

« Vois-tu , Marie ! dit Anna , réprimant à peine un geste
qui l'aurait trahie : Vois-tu ce jeune homme solitaire que
nous rencontrons depuis quelques jours au village ou dans
les environs? Cet homme pâle est un poète , une sorte de Dieu
incarné sur la terre, un chantre inspiré de la nature et de la
création. Celui-ci est déjà illustré par ses œuvres ; il n'aurait
qu'à se nommer au milieu des rues de nos grandes villes ,
pour se faire contempler et bénir : et pourtant , il cache son
nom à tous, et il se couvre de sa poésie , comme une fiancée
de son voile nuptial. Oh ! Marie , qu'elle est belle et grande,
la destinée du poète !»

Le jeune homme rêveur approchait , et Anna le regardai
toujours avec une singulière fixité. Quand il passa sous l
balcon , la belle enthousiaste ne put se contenir, et sa mai
laissa échapper la fleur parfumée qu'elle venait de détache
de son sein : bientôt elle crut voir, en se penchant sur l
rampe de bois peint en vert , le promeneur ramasser la rose
et la placer dévotement sur son cœur.

Un mystère avait commencé.

C'est qu'Anna , réduite , comme le sont bien des femmes
comme le sont la plupart des jeunes filles , à concentrer e
elle ses joies et ses contrariétés les plus naïves , s'était habi
tuée à se faire à elle-même la confidence de toutes ses émo
tions , le roman de ses veilles et le récit merveilleux de se
rêves. Elle avait d'abord éprouvé un contentement très-v°
à surveiller la limpide transparence et les ondulations inté
rieures de son âme : puis , quelques points noirs étaient venu
errer à la surface , comme sur une bulle de savon que gonfl
un souffle parti du cœur, et la jeune rêveuse s'était inquiété
vaguement ; puis , les points sombres et mobiles étaient deve
nus de grandes taches opiniâtres, et un effroi poignant s'étai
emparé de tout son être. Alors elle fut malheureuse ; l'écla
du ciel et les sourires de sa mère lui furent désormais indiffé
rents ou même importuns : les sons déliés d'un piano agi

taient convulsivement ses fibres émues ; elle s'ennuya des autres et d'elle-même; elle aspira à l'avenir, à l'infini : il fallait ajouter de nouveaux ressorts à cette sensibilité qui se repliait comme pour mourir ; il fallait trouver une nature spéciale et inconnue dans laquelle cette nature qui débordait pût s'épancher.

Souvent, (c'était aux jours menaçants et orageux, où l'atmosphère, chargée de vapeurs électriques, pèse le plus fortement sur les organisations les plus faibles,) Anna étouffait en silence des maux qu'on se serait refusé à comprendre, ou s'en allait cacher dans la solitude les crises soudaines qui la surprenaient. Alors des larmes involontaires couraient sur ses joues brûlantes ; elle paraissait tour-à-tour abattue, impatiente, égarée : il y avait en elle, à côté de la résignation des vierges chrétiennes, le froid désespoir de l'être qui doute, et parfois l'enivrement prophétique des sibylles.

Une fleur tombée et recueillie lui ouvrit tout-à-coup une perspective attrayante et nouvelle : sous cette influence secrète, elle s'épanouit à l'espoir le plus pur et le plus riant qu'elle eut conçu : elle embrassa Marie comme aux plus beaux jours de leur enfance, et courut bien vite cacher sous ses rideaux bleus les illusions qu'elle tremblait encore de voir s'envoler à ses yeux.

— Etre la femme d'un poète ! se pensait-elle ; c'est-à-dire se placer entre la Gloire et lui dans le rayon lumineux qu'ell envoie à son front, et mêler à l'éclat de cette auréole, l'écla moins vif, mais plus serein et plus doux, d'un amour d'é pouse ! Etre la femme d'un poète, et faire de son propre cœur l'écho de sa pensée et de ses chants, et lui rendre, en un bonheur de tous les jours, ce qu'il vous donnera, par inter valles inégaux, en trésors d'enthousiasme et de mélodie.

Et la jeune fille s'abandonnait à ces idées comme une vert demoiselle aux brises du vallon, et son sommeil et sa veille ses rêves et ses espérances, se tendaient la main et se con fondaient pour la réjouir et l'enchanter.

Le but qu'une volonté sérieuse et immuable se propose surtout quand elle appelle à son aide une autre volonté qu lui est sympathique, ne saurait manquer d'être promptemen atteint. Les hommes qui veulent énergiquement deviennen puissants pour le bien comme pour le mal, et Dieu aurait p ne pas mettre de bornes à leurs facultés, pour être en droi lui-même de ne pas mettre de bornes à sa justice.

Henri et Anna devinrent époux : Henri et Anna commen cèrent l'un et l'autre à remplir leur mission sur la terre

l'homme, qui pensait et faisait jaillir la pensée de son cerveau ; la femme, qui était pour lui à la fois la Muse et la foule ;
car, si elle jetait dans son âme le germe d'inspirations que sa
riche imagination fécondait, elle lui apportait aussi sa récompense : elle condensait pieusement en elle les admirations
qu'elle avait avidement recueillies, pour venir ensuite les
étaler, ravie, à ses pieds. L'enfant qui conduisait Homère
aveugle, et qui tendait la main quand le mendiant avait
chanté, devait ressembler à cette femme.

Ils furent trop heureux. Le bonheur de la terre est une
main caressante qui vous attire, et qui ne vous lâche qu'après
vous avoir déchiré. Henri aima sa bizarre compagne plus
qu'elle ne l'avait voulu elle-même : c'était l'épouse qu'il ido-
lâtrait en elle ; c'était le poète qu'elle admirait en lui. Elle
commença à se plaindre de son indolence et de sa paresse ;
elle lui avait demandé pour dot les applaudissements du
monde, et le monde se taisait, parce que l'écrivain ne produisait plus : l'homme et l'époux l'avaient emporté, et il
sommeillait à l'écart.

« Henri ! lui dit-elle un jour, tu manques au devoir et à la
foi promise : tu m'as éblouie d'un rêve de gloire que tu n'as
point réalisé encore, tu as pris envers moi et envers le monde
des engagements dont tu sembles peu te soucier. Le poète,

vois-tu, se doit à tous, et Dieu ne le rappelle à lui que quand il a payé avec usure tout ce qu'il devait. La poésie est pareille à ces essences éthérées qui doivent se répandre en dehors de leur vase odorant, au risque de le laisser à sec ou de le briser : elle est comme le pain et le vin sacrés du temple, l'aliment commun de toute une foule. Honte à ceux qui feraient servir cette nourriture ou ce breuvage à causer l'ivresse et à répandre le poison ! Mais honte aussi, honte surtout à celui qui s'en irait dans un recoin obscur du sanctuaire, se livrer à ses caprices de voracité égoïste, et absorber à lui seul ce qui avait été préparé pour tous ! »

Henri fut frappé de cette insistance de sa femme : il se prit enfin à penser qu'elle pouvait bien l'aimer moins pour lui que pour ses œuvres, et cette idée jeta quelque amertume dans sa vie : mais il se résigna à vouloir ce qu'elle voulait; il consulta ses instincts poétiques, et se livra d'abord à ce qui l'attirait le plus vivement, la Nature.

Cela était un vaste champ pour une âme allemande : toute une immensité s'ouvrait à ses yeux : tout un infini lui souriait à travers les brumes germaniques. Mais je ne sais quelles ternes lueurs, se dégageant d'un soleil immobile et pâle, lui parurent colorer la création endormie, effaçant les contours et la physionomie distincte de chaque chose, pour ne laisser voir à l'œil que des formes vagues et des spectacles vulgaires. Le génie du monde s'était voilé la face; les anges mélancoliques des prairies desséchées et des fontaines taries avaient pris leur essor vers de meilleures sphères. A regarder ainsi d'un peu haut la terre enveloppée de neiges et de frimats, avec quelques villes sombres qui faisaient tache çà et là sur cette robe unie, on eût dit que l'on assistait au convoi de la nature, et qu'il y avait des larmes et des emblêmes lugubres figurés en noir sur son grand linceul blanc. Une tristesse profonde s'exhalait de ce cadavre par tous ses pores; et les chants qui retentissaient à de rares intervalles étaient monotones comme un psaume funèbre. Le poète secoua ses ailes humides, et vola à d'autres régions de l'intelligence.

Il pensa que le monde social l'appelait, et que les cerveaux politiques, démesurément développés, avaient besoin qu'on leur ajoutât un cœur, tempérant ainsi par le dévouement et la sympathie ce que leurs calculs et leurs combinaisons pouvaient avoir de rigoureux et de dur. Il lui sembla qu'il serait beau de jeter désormais, au lieu de l'épée sanglante du *Brenn,* la lyre pacifique d'un poète dans la balance des destinées; de prêcher l'amour là où la haine avait été si longtemps hurlée par des passions aveugles ou coupables, et d'étendre sur les épaules nues du peuple le simple vêtement du travail, au lieu de la mante rouge du bourreau. Mais le sol où il marchait était un sable doré qui se mouvait sans cesse, arène glissante et nue où plus d'une chute retardait sa course, le renvoyant au point de départ avec force contusions et meurtrissures, triste, confus et découragé. La voix du poète n'avait plus de retentissement parmi les voix des autres hommes, dont la tête affamée avait fini par ronger le cœur.

Henri se replia douloureusement sur lui-même; il se souvint qu'autrefois, et avant d'avoir trouvé une compagne, il avait eu des rides sur son front, et des cheveux blancs parmi ses cheveux noirs : il songea que ce n'était pas le hasard ou le caprice qui avaient sillonné ainsi son front et blanchi ses cheveux avant l'âge, et que les passions dont sa vie antérieure avait été remuée, pourraient devenir un enseignement poignant et un exemple salutaire, éclairées qu'elles seraient par une lumière inattendue et nouvelle. Il sollicita donc à plusieurs reprises le sens intime qui dormait en lui; mais peu de fibres harmonieuses vibrèrent, peu d'étincelles jaillirent sous sa main. Le monde intérieur aussi était mort; les vieilles souffrances avaient été insensiblement recouvertes d'une couche opaque d'indifférence et d'ennui. L'homme de poésie et d'amour avait perdu le secret des choses de l'âme : il n'avait plus de puissance que pour jouir.

Ainsi donc, il avait beau chercher son but, lui tendre les deux bras, et lui jeter sa voix suppliante ou accusatrice ; un courant fatal l'entraînait toujours en arrière, et derrière lui il pressentait l'abîme.

Néanmoins, de toutes ces excursions pénibles, de tous ces pèlerinages en dehors et au dedans de lui-même, Henri ne put s'empêcher de rapporter quelques bribes plus ou moins incomplètes et éparpillées : il les rassembla avec nonchalance, puis il ouvrit sa main, et la foule ramassa : parce qu'il se trouve toujours une foule qui, si elle se hausse malaisément afin d'atteindre un but généreux, aime par goût et par habitude à se baisser jusqu'à terre pour chercher un peu d'or dans beaucoup de fange. L'action de graces, venue de si bas, a bien peu de prix pour une âme élevée ; aussi le poète en prit-il un dégoût extrême. Alors l'éloge ne lui vint plus comme l'élan spontané d'une multitude, mais comme le produit artificiel des efforts d'un petit nombre : ce n'était plus une offrande large et indépendante ; c'était un impôt débattu, chicané, arraché pièce à pièce, une taxe onéreuse sentant le collecteur et le maltôtier.

Henri croisa les bras en silence, morne et désolé : et puis, il revint à son Anna, comme à sa meilleure passion et à sa consolation dernière : Anna le reçut avec la froideur d'une hôtesse qui voit arriver un voyageur pauvre ; il semblait qu'elle fut prête à lui faire honte de son dénuement.

Parfois, le mélancolique jeune homme s'appesantissait sur, sa situation, et il la trouvait bien douloureuse : il ne demandait à une femme que du bonheur tranquille, et cette femme exigeait de lui en échange un bonheur brillant et illustre : il sentait confusément que, tous deux, ils étaient condamnés à manquer leur but ; il s'apercevait que l'amour d'Anna lui échappait tous les jours, et que ce mystérieux fantôme s'évanouissait, comme l'ombre d'Eurydice, aussitôt qu'il se tournait vers lui pour le caresser de tous ses regards et l'appeler de tous ses désirs.

A la longue, pourtant, la tendresse conjugale parut se faire jour, et Anna redevint, sinon plus aimante, au moins plus résignée. Un homme moins avide de repos, et moins curieux de se tromper lui-même, eût pu souvent distinguer, à travers la molle sérénité de sa femme, et même au milieu de ses épanchements d'épouse, un peu d'anxiété et de contrainte ; des mots faiblement articulés, des hésitations, des réticences : ses yeux brillaient parfois d'un éclat étrange, ses mains se crispaient, et une expression amère venait altérer la pureté de sa bouche. Assurément, quelque chose d'inconnu et de sombre courait dans l'air.

Un soir, que Henri s'était soustrait à un genre de vie dont il refusait en vain de s'avouer à lui-même les ennuis profonds, et s'en était allé chercher au théâtre les derniers vestiges de l'art, il revint plus tard que d'habitude : un peu de désordre dans l'appartement qu'occupait sa femme le surprit dès qu'il entra ; la lampe de nuit était presque éteinte ; et nulle voix, nulle caresse accoutumée ne l'avaient attendu et accueilli au retour. Je ne sais quel soupçon honteux et inconnu jusqu'a-lors effleura l'âme du mari : il se dirigea brusquement vers le lit dont il entr'ouvrit les rideaux.... Un affreux spectacle l'y attendait.

Sa femme, son Anna, était sur ce lit, étendue, sanglante, morte : elle s'était tuée laborieusement à l'aide d'un poignard. Près d'elle était un papier avec ces mots, tracés d'une main ferme : « Adieu, Henri !... Il y avait entre Elle et toi un obs-» tacle : je l'ai levé.... tu m'en remercieras dans le ciel !.... »

Tout ce qui se dit à Berlin, à la nouvelle de cette horrible catastrophe, aurait été curieux à entendre et à recueillir. Le monde qui passe dans la rue a la vue courte, et la conception comme inféodée à l'erreur : mais c'est toujours à la sottise ou à la calomnie qu'il a recours, ce monde, pour trancher les nœuds qu'il rencontre ; chez lui, l'absurde et l'odieux sont frères et se donnent la main.

On pensa que cet obstacle mystérieux dont parlait la victime, et qui la préoccupait si fort qu'elle n'avait même pas songé à dire son nom, n'était autre qu'une rivale, et que la pauvre femme s'était sacrifiée volontairement aux criminelles préférences de son mari. Aussi celui-ci fut-il méprisé, conspué, couvert de boue; on ne pouvait imaginer un autre motif plausible de ce désastre, car on ne pouvait plus demander à la morte compte de ses désenchantements, de ses regrets, et de ce dévouement insensé, mais sublime, qui l'avait fait, après bien des efforts et bien des luttes, se donner elle-même en holocauste à la Gloire, à la Gloire tant rêvée et tant désirée, génie céleste qu'elle croyait avoir éloigné de Henri par sa présence, et qu'elle voulait laisser revenir en se cachant pour jamais dans le tombeau.

Et le poète? — Oh! le poète, — il courba sa tête maudite; il s'agenouilla comme un lâche devant la douleur : une élégie flasque, énervée, languissante, germa en lui, et projeta lentement au dehors quelques rejetons chétifs et grêles. Il ne comprit peut-être pas lui-même tout ce qu'il y avait de grand dans ce suicide d'une femme qui se dévoue, et tout ce qu'il y avait de petit dans son propre rôle. Il avait épuisé goutte à goutte la substance d'un être supérieur : quand sa main lui offrait un don éclatant de génie, il était venu, lui, mendier à ses pieds une aumône de plaisir : et elle s'était, même alors, soumise à ses caprices , dans l'espoir de le gagner à son tour à sa noble et fervente ambition. Enfin , il l'avait perdue , et il croyait s'acquitter , avec des larmes , du devoir immense qu'une pareille mort lui inspirait. Henri le poète demeura un malheureux vulgaire , un nain que la foudre avait mutilé et ébloui sans l'éclairer; ce quelque chose de rangé , de désœuvré et de monotone que l'on appelle un homme veuf. Etait-ce pour arriver à un tel but qu'Anna , l'épouse sainte, la femme martyre , s'était brisé le sein avec un poignard ? Et Dieu ne voulut-il pas la punir , en rendant ainsi sa mort inutile , d'avoir osé enfreindre sa loi et douter de sa Providence ?

5

UNE

MAÎTRESSE DE CHARLEMAGNE.

La mémoire de Charlemagne est bien la plus malheureuse mémoire de roi qui soit au monde : les historiographes et les conteurs s'en sont emparés et l'ont déchiquetée à l'envi : ici on en a fait un Napoléon des temps barbares ; là un restaurateur des lettres, là un enchanteur, là un saint : les chroniques, les almanachs et même les calandriers se sont emparés de son nom illustre, jusqu'à ce qu'enfin nos modernes réformateurs de l'histoire, ou plutôt de l'ortographe historique, l'aient tourné et retourné, ce pauvre nom, pour le défigurer et le *saxoniser* à leur fantaisie.

Il y a donc dans ce nom et dans cette vie impériale quelque chose de fabuleux , d'incertain et de mythologique : il
s'y attache un intérêt crédule et enfantin comme aux légendes
des vieilles gens et des nourrices ; on nous conterait volontiers *Charlemagne* du même ton avec lequel on nous contait *Barbe-Bleue* ou *la Belle au bois dormant ;* on nous
chanterait indifféremment la chanson de Rolland ou la ballade d'Ahasvérus : car le Juif-Errant et Charlemagne ont
des points de contact dans l'imagination du peuple ; et tout
cela est devenu , pour les esprits qui rêvent , de la féerie et
de la fiction.

Nous serions presque tentés , nous autres normands , de
donner bravement notre coup d'épingle à travers le parche-
min séculaire qui nous garde les faits et gestes du vieil empereur ; car il nous souvient toujours que ce conquérant là
ne nous aimait guères , qu'il fit tout ce qu'il put pour nous
fermer la porte de son beau royaume de France, et qu'il
pleura même , en mourant , à la pensée que le lendemain ,
peut-être , toutes ces haches normandes que nos aïeux faisaient reluire au tour des frontières , viendraient entamer à
leur profit l'unité impériale que sa vie s'était usée à fonder et
à maintenir.

Mais il est difficile , après dix siècles écoulés , de lui garder

rancune pour le mal qu'il nous voulait ; et nous le lui par-
donnons en raison du bien que ses successeurs ont dû nous
faire. Les larmes de Charles-le-Grand ont été expiées par la
culbute de Charles-le-Simple (1).

Ne parlons donc plus de ses conquêtes et de ses larmes, et
occupons-nous uniquement, s'il se peut, de ses plaisirs et de
ses amours.

Le roi Charlemagne et le roi Salomon (deux grands rois
vraiment), passent l'un et l'autre pour avoir eu un nombre
considérable de faiblesses amoureuses. Si même nos lecteurs
étaient des croyants et notre *Conte tristé* un triste sermon,
nous pourrions leur dire que les scandales de ces deux princes
eurent pour châtiment posthume la dissolution de leurs em-
pires, et que Dieu vengea sur les descendants les débauches
et la mauvaise vie de leurs pères. Ce n'est pas au reste le seul
rapprochement qu'on puisse établir entre Salomon et Charlemagne. Le *Targum* de Jérusalem raconte un fait curieux :

---

(1) Lorsque Charles-le-Simple eut donné au duc Hrolf ou Rollon l'in-
vestiture de la Normandie, le Normand qui, selon l'usage, se présenta
pour baiser le pied du roi, éleva ce pied jusqu'à sa bouche, et si brutalement, que Charles, perdant l'équilibre, tomba sur le dos, aux grands
éclats de rire de l'assemblée.

la reine de Saba aimait tellement le bain, qu'elle se plongeait tous les jours dans la mer. Lorsqu'elle vint visiter Salomon, celui-ci, par je ne sais quel calcul de royale paillardise, la reçut dans un appartement pavé de cristal. La reine de Saba, en y entrant, s'imagina que le prince était dans l'eau, et pour se mettre en état de passer, elle leva sa robe..... Alors le roi, voyant ses pieds, qui étaient hideux : « Votre visage » dit-il, a tous les charmes des plus belles femmes, mais vos » jambes et vos pieds n'y répondent guère. »

Ce n'était pas des jambes d'une reine de Saba que Charlemagne avait eu à déplorer la conformation vicieuse ; c'était Berte, sa propre mère, la femme de Pepin-le-Bref, qui était née avec un pied plus grand que l'autre. Aussi l'avait-on surnommée Berte-au-grand-pied ; et c'est de cette singularité, commune aux deux puissantes femmes dont nous parlons, que sont venues probablement ces grotesques traditions de la reine Pédauque, de la reine au pied d'oie, qui remplissent les vieux commérages demi-civilisés et demi-barbares du Moyen-Age.

Charlemagne, comme Salomon, comme beaucoup d'autres rois, empereurs et princes, était, ainsi que nous avons osé le dire, fort enclin aux sentimentales passions. Un jour donc qu'il était à table avec ses leudes, apposant son sceau aux capitulaires, et prêtant l'oreille au clerc qui lui faisait toujours quelque sainte lecture pendant ses repas, on vint lui dire qu'une pauvre jeune femme, n'ayant pour toute ressource que le luth qu'elle tenait à la main, demandait à être admise en sa présence, pour lui apprendre un nouveau chant d'église, composé tout récemment par un moine régulier de Cologne. La chanteuse introduite se posa, timide et les yeux baissés, en face du prince, et préluda d'un ton plaintif. L'hymne qui tombait lentement de sa bouche, comme une chaîne d'or, était une prose latine, grave et belle, une histoire triste et émue de la Magdeleine, de ses péchés et de sa pénitence. A mesure que l'étrangère chantait, sa voix devenait plus noble et plus sonore ; ses traits pâles s'animaient et s'inspiraient, comme sous l'influence d'une passion ardente ; les mouvements rapides de son sein agitaient sa robe de bure ; enfin, arrivée au moment où la pécheresse repentie se jette aux pieds du Christ et les arrose de larmes et de parfums, la jeune femme tomba, comme malgré elle, devant le trône impérial ; ses longs cheveux vinrent s'épandre sur les sandales massives de Charlemagne, et l'hymne fini, deux yeux, grands et noirs, humides et suppliants, se levèrent..... Le roi était fasciné.

—Qu'on se retire, fit-il, en congédiant du geste les nobles

hommes qui l'entouraient. Mais les portes du réfectoire royal ne s'étaient pas encore fermées derrière les convives, que ceux d'entre eux que la curiosité avait fait se retourner en sortant, virent Charlemagne quitter son siège pour relever la belle suppliante, et la couvrir, sans plus de façons, de caresses et de baisers.

— Il n'y a que les princes, soupirait en se retirant le page Eginhard, pour faire de ces belles et rapides conquêtes.

— Il n'y a que les femmes, marmottait Turpin, pour faire perdre ainsi aux rois leur temps et leur royaume.

Charlemagne s'embarrassait peu de leurs regards d'envie ou de leurs conseils. Un second geste, plus impératif et plus impatient que le premier, le laissa entièrement seul et maître de sa nouvelle compagne.

Vous dire comment cela était arrivé, serait pour le moment tout-à-fait impossible. Le fait est que Charlemagne n'avait jamais connu cette étrangère, qu'il la voyait pour la première fois, et que, dès cet instant, un charme étrange, irrésistible, l'avait attiré et enchaîné à elle.

Ce fut entre eux, pendant bien des mois, une vie de délices et de bonheur inaltérable : la pâle mendiante était devenue magnifique et éblouissante comme une reine. Quelquefois elle reprenait son luth, son luth harmonieux et magique ; mais ce n'étaient plus de pieux accords qu'elle lui demandait, et les accents les plus passionnés de la volupté et du délire en faisaient frémir les cordes sous ses belles mains.

Ce qui affligeait le plus Turpin, c'est que, pendant ce temps, les affaires de l'empire n'allaient pas ; le pape était mal secouru, les frontières mal protégées ; les capitulaires moisissaient dans les archives, et l'innombrable clergé de France n'entendait plus parler de la puissance et des dotations qu'on lui avait promises.

Sur ces entrefaites, et fort à propos, sans doute, la maîtresse de l'empereur tomba malade : Turpin s'imagina que, quand les ravages de la fièvre auraient altéré ces traits séduisants et amaigri ces formes voluptueuses, l'amour impérial décroîtrait à mesure, et que le gouvernement de l'état regagnerait peu à peu ce qu'une folle passion lui avait enlevé.

Mais Charlemagne était plus amoureux et plus assidu que jamais : il ne quittait pas le chevet de la malade ; il semblait ne pas s'apercevoir de son dépérissement et de ses souffrances : il la caressait et l'embrassait comme aux plus beaux jours.

La maîtresse de l'empereur mourut. Pour cette fois, Turpin crut avoir gagné sa cause : mais point. Charlemagne demeura opiniâtrément dans la chambre funèbre : il s'étendait passionnément sur le lit de douleurs ; il pressait la morte dans ses bras d'amant ; il l'interrogeait, lui souriait, et baisait ses lèvres pâles : enfin, dit un vieux chroniqueur, « au lieu de » prêter l'oreille aux légations qui lui survenaient, il entre- » tenait ce cadavre de mille bayes, comme s'il eût été plein » de vie. » Cette illusion là dura quinze jours.

Turpin s'ingéniait vainement depuis ce temps à découvrir la cause mystérieuse de la folie de son maître. Le corps de la femme qu'il avait aimée tombait en dissolution ; une odeur insupportable en sortait, et se répandait au dehors : ce qui n'empêchait pas l'empereur de passer ses jours et ses nuits à ses pieds, de poser sa bouche sur la sienne, et de se livrer près d'elle aux démonstrations de la passion la plus bizarre.

Enfin, l'archevêque Turpin eut une révélation. Un matin que Charlemagne s'était absenté pour quelques instants, son fidèle conseiller pénétra dans la chambre fatale. Il s'approche avec précaution du cadavre gisant sur sa couche ornée comme pour une nuit de noces ; il porte la main sur ces mem- bres autrefois si beaux, touche du doigt cette bouche que l'empereur avait tant aimée, l'entr'ouvre..... et soudain, sa main heurte sous la langue de la morte quelque chose de froid et de dur.... C'était un anneau, un anneau enchanté, que la femme maudite avait dissimulé sous sa langue, et au moyen duquel elle s'était ainsi attaché, même après sa mort, le plus puissant souverain de l'Occident.

Mais voici bien une autre affaire. Turpin avait soigneu-
sement caché sous ses vêtements la bague ensorcelée, et il
voulut être témoin de l'effet que produirait sur la raison de
l'empereur l'absence de cette bague dans la bouche de sa
maîtresse. Lorsque Charlemagne reparut, son premier mouvement fut de s'éloigner avec étonnement et dégoût du cadavre : mais son second fut de se mettre à la poursuite du
malheureux Turpin ; c'était lui à son tour qu'il embrassait,
qu'il courtisait, qu'il caressait de toutes façons. Le bon archevêque n'eut rien de mieux à faire que de se jeter dans les eaux
d'un lac vers les bords duquel il s'était réfugié. On parvint à
l'en retirer à grand'peine ; mais le malencontreux anneau
dont il était porteur resta au fond.

De ce jour, Charlemagne devint amoureux du lac où l'anneau
était tombé, et de la ville d'Aix qui en était voisine : il quitta
pour elle son beau ciel de France ; il y fit bâtir un palais où
il passa ses jours, et un monastère où il fut enseveli. Enfin
il voulut que désormais ce fût à Aix-la-Chapelle que les empereurs qui lui succèderaient se fissent sacrer. Mais les fils de
Charlemagne n'avaient ni la passion, ni le génie de leur père,
et le lac enchanté d'Aix-la-Chapelle ne put les retenir longtemps sur ses bords.

Telle est la légende merveilleuse que Pétrarque, et après

lui Estienne Pasquier et bien d'autres, nous ont contée. Elle n'est pas, au reste, si vieille qu'elle le paraît : car il nous arrive ainsi tous les jours d'être ensorcelés par les charmes cachés derrière les lèvres d'une femme : la seule différence, c'est que l'enchantement où ils nous ont plongés vit de beauté et de jeunesse, mais résiste difficilement à la souffrance et à la mort. C'est l'envie de présenter une considération aussi profondément philosophique et morale, qui a pu seule nous déterminer à secouer la poussière des bouquins où nous avons puisé cette histoire, et à lui ôter sa nudité et sa gracieuseté primitives, pour tâcher de la rendre accessible à toutes les pudeurs et à tous les goûts.

6.

UN AMOUR AU BAGNE.

> .... Voilà l'homme rouge qui passe !
> Y. HUGO. — *Marion Delorme.*

N'allez pas visiter le bagne de Brest, vous qui voulez ménager vos sensations, et qui trouvez de l'air à suffire dans l'atmosphère tiède et appauvrie de la vie commune : ne vous compromettez pas au milieu de ces hommes de meurtre et de vol, qui vieillissent à expier sous le fouet des gardes-chiourmes les crimes de leur jeunesse passionnée ou nécessiteuse ; et gardez-vous bien de vous exposer à salir vos habits brossés en effleurant leurs vestes rouges ; à déranger vos chapeaux de soie bien lisses en échange des saluts résignés que vous adresseront les bonnets verts. Surtout n'y conduisez pas vos filles et vos femmes, dont les sens délicats se soulèveraient aux exhalaisons fétides qui se répandent dans les salles, et dont la présence éveillerait d'ailleurs parmi ces hommes condamnés à une abstinence contre nature, des regrets profonds et amers ou des frémissements de rage.

Le bagne n'est pas le séjour des idées mesquines et des émotions vulgaires : et, quoique bien des forçats y prennent encore des abonnements collectifs au *Constitutionnel;* quoique les petits meubles de coco qu'ils sculptent dans leurs moments de loisir soient tous décorés de fades allégories, de guirlandes de roses, de colombes se becquetant et d'amours mythologiques groupés selon les traditions de la vieille école, on éprouve à voir ces trois mille hommes étendus sur leurs bancs de repos, ou se rendant à la fatigue, les jambes nues et les fers aux pieds, une pitié profonde et un violent serrement de cœur. Les trois époques de ces vies sombres et maudites renferment tant de honte et tant de souffrances ; on trouve des impressions si diverses à regarder au fond de ce passé infâme, à soulever le voile de leur lugubre avenir ; ou, enfin, à reporter les yeux sur leurs misères actuelles, à contempler la vaste étendue du port parsemée d'hommes rouges, comme une robe tachée de sang : que l'esprit le plus médiocre et le

cœur le plus étroit se développent et s'aggrandissent en face
de ce spectacle extraordinaire , et qu'on ne peut alors s'empêcher de surprendre en soi quelques pensées nouvelles et
quelques palpitations inaccoutumées.

Il faut les voir et les toucher, ces hommes ; il faut s'arrêter
devant leurs bancs de bois hérissés de chaînes, ou devant les
chantiers où ils travaillent accouplés ; il faut ensuite aller
passer quelques instants dans leur hôpital , là où languissent
les nouveaux venus , les jeunes gens *bien élevés ;* les constitutions délicates qui n'ont pu résister longtemps au régime
du bagne , et que la fièvre ronge avant que la fatigue les
tue ; ou bien , les criminels endurcis que le cachot ne corrige
pas , et dont la bastonnade a brisé les reins et ensanglanté les
épaules , pour les guérir de leur fierté opiniâtre , ou de leur
monomanie du vol , ou de leur incurable passion de liberté :
puis , au milieu de ces lits de fer, de ces cris sourds arrachés
par la souffrance , et de ce bruit de chaînes qui ne quittent le
forçat qu'après la mort, une sœur de charité, grande et pâle,
avec son beau costume mêlé de gris et de blanc , distribuant
aux malades leurs potions et leur nourriture.

Je ne vous parle pas de l'arrivée de la chaîne , et de l'exécution des forçats qu'un tribunal exceptionnel a condamnés
à mort : épisodes hideux et lugubres ; premier et dernier mo-

ment de cette existence à part, qui commence par un baptême subi dans la grande *baille* d'eau et sous la rude éponge du forçat *servant ;* et qui finit quelquefois par une cérémonie autrement sombre et imposante, lorsque le forçat-bourreau et ses aides font gravir l'échafaud rouge à la victime, et que, rangés autour, sous la gueule des canons gorgés de mitraille et mèches allumées, les trois mille spectateurs rouges s'agenouillent lentement sur la pierre pour recevoir les dernières paroles et pour voir couler le sang de leur compagnon.

C'est là, c'est dans les bagnes que devraient venir les enseigneurs du peuple et tous les hommes qui se proclament philanthropes ; c'est là qu'ils trouveraient des inspirations et des exemples, et qu'ils pourraient faire provision de détails statistiques et d'observations morales ou même phrénologiques, s'ils n'étaient découragés au premier abord par les contradictions perpétuelles que leurs anciennes idées et leurs plans sur le papier y rencontreraient.

L'expiation par le bagne commence heureusement, comme l'expiation par l'échafaud, à devenir un problème : on arrive à le considérer, sous sa forme actuelle au moins, plutôt comme un réservoir et une école de vices et de crimes que comme ce qu'il devrait être, c'est-à-dire, un moyen d'amélioration et une sorte d'hospice moral pour les coupables. Ce sont aujourd'hui autant d'existences perdues , sacrifiées. La société veut du repos , et elle retranche ceux qui l'inquiètent, voilà tout : peu lui importe ce qu'ils deviennent après. Aussi qu'a-t-on inventé pour la rassurer et la satisfaire? Pendant la durée de la peine , bagnes horribles qui détruisent la santé et déracinent ce qui restait de bons penchants ; après la peine, surveillance de tous les instants et de tous les lieux , qui met le libéré au ban du monde entier , et le condamne à mourir de faim , si elle ne le condamne pas à redevenir coupable pour redevenir forçat : car la société est réellement pour le libéré un nouveau bagne , souvent plus affreux et toujours plus injuste que le bagne légal.

Après le gibet , la roue et la torture , ç'a été une grande idée et un grand progrès que l'expiation par le travail , par le travail qui adoucit et qui améliore. Malheureusement la violence humaine et ce que l'on appelait stupidement la *vindicte publique* (comme si la société pouvait nourrir un sentiment opiniâtre de vengeance et de haine contre un de ses membres!) ont pris place à côté de cette conception généreuse et belle ; et le but a été manqué. Mais nous ne croyons pas qu'il faille encore désespérer de l'atteindre.

Ceux qui n'ont pas vu la chiourme ou qui n'ont vu en elle qu'un repaire de bêtes fauves à demi-domptées , et de mons-

tres humains chargés de fers , croient difficilement qu'un
rayon d'innocence et de vertu puisse jaillir de ce cloaque , et
qué l'intérêt qu'inspirent les condamnés puisse être autre
chose qu'une commisération mêlée d'horreur. A ceux-là je
conterai entre mille autres histoires aussi touchantes , un fait
dont la date est fraîche encore, et qui causa un jour beaucoup
d'étonnement à ceux des habitants du bagne qui le connurent
ou qui le comprirent.

Jérôme Imbert venait d'arriver au bagne : c'était un homme
grand et fort ; une de ces constitutions robustes que la douleur
et la fatigue assiègent sans pouvoir les vaincre ; sortes de ci-
tadelles imprenables qui tiennent quelquefois plus longtemps
que leurs hôtes ne le voudraient , et que le temps ruine à la
longue , avant que le choc des hommes ait pu les ébranler.
Mais sous ce puissant appareil de nerfs et de muscles, Imbert
avait une âme accessible à toutes les émotions , un cœur de
feu dans un corps de bronze , une vie morale , aimante et
mobile , mariée à une vie extérieure , énergique et dure : il
avait souvent et comme à plaisir accumulé sur sa tête et semé
sur sa route bien des peines et bien des luttes ; il avait entre-
pris des travaux capables d'user l'intelligence ou de détruire
la santé de dix hommes : mais toutes ces attaques l'avaient
trouvé invincible, et il n'avait pu gagner ni un cheveu blanc

pour sa tête, ni une ride pour son front, ni un peu de pâleur, ni un peu de larmes, à se jouer ainsi avec la vie, et à se prendre lui-même pour victime et pour bourreau.

Cependant le souffle du bagne émut sensiblement cette nature solide et vigoureuse : l'infamie qu'on lui versait à pleine coupe répugna à ses lèvres ; une parole impitoyable tombée nonchalamment de la bouche d'un visiteur, et un soufflet de garde chiourme lui causèrent un accès de fièvre ardente ; l'hôpital des condamnés s'ouvrit devant lui, et il retrouva pour la première fois, dans les draps blancs et dans l'atmosphère assez pure de l'infirmerie, un peu de soins et de repos.

Ce fut aussi là que, dans ses moments de calme, il put causer avec un peu d'abandon de ce qu'il souffrait et de tout ce qui préoccupait sa pensée. Il avait rencontré à l'hôpital, des malades et des convalescents avec lesquels il fallut renoncer à son silence obstiné : des maux endurés ensemble sont souvent un commencement d'amitié et une occasion d'épanchements intimes, parce qu'il y a un lien nécessaire entre ceux qui souffrent, et une sorte de fraternité dans la douleur. D'ailleurs, les hommes dont il était entouré étaient pour la plupart des jeunes gens que les premières épreuves du bagne avaient aussi vaincus, et qui n'avaient pas encore vu s'étendre et s'invétérer dans cet égout la tache flétrissante qu'ils y avaient apportée.

Parfois, lorsqu'ils étaient un peu seuls et qu'un échange de confidences pénibles se faisait entre eux, Jérôme se dressait sur son lit, et le front dans les mains, il leur parlait omme il se serait parlé à lui-même, de ses premières années, pures et heureuses, et de sa mère qui était morte, et qui avait bien fait de mourir, la bonne et sainte femme, car Dieu semblait lui avoir fermé les yeux exprès pour qu'elle ne vît pas la honte de son fils ; puis il leur disait qu'il aimait le travail à la campagne, et les rayons de soleil à travers les arbres, et le patois de son pays dont la bouche des jeunes filles faisait une langue si mélodieuse : enfin il les ramenait à la ville, aux soirées et aux bals d'hiver : mais alors une sorte de crainte le faisait hésiter et trembler, car il arrivait aux temps d'agitation et d'orage ; car c'était là qu'il avait connu une femme, qu'il avait cru posséder son amour, et que cette femme, oubliant l'amant dévoué et pauvre, s'était vendue par devant notaire, à un homme riche qu'elle n'aimait pas. Dans un moment de passion et de délire, Jérôme s'était introduit au bal de noces, il avait frappé à travers ses habits de fête le rival maudit qu'on lui préférait, et il n'avait pas eu assez de temps, le malheureux, pour se soustraire à la justice des hommes, et pour se faire justice à lui-même, en se tuant.

Le malade ne racontait réellement pas ces sombres épisodes de sa vie : il les balbutiait et les entrecoupait par de longues poses ; il ressemblait à un homme qui cherche à remuer un fardeau énorme, et s'arrête de temps en temps pour reprendre haleine. Et quand il s'arrêtait ainsi, il essuyait de ses mains amaigries la sueur froide qui l'inondait, et ses yeux de feu brillaient d'un éclat étrange entre les lignes larges et violacées que la souffrance avait tracées en creusant ses joues.

Alors il se laissait retomber, et voilait sa tête de son drap, comme un enfant qui a peur la nuit : alors aussi revenaient les violents accès de fièvre; et les forçats infirmiers et la sœur qui parcourait les salles s'empressaient autour de lui. Tant de sympathie et de prévenance étaient une consolation et un baume pour ses douleurs.

Jérôme guéri et réintégré au bagne, s'habitua ou plutôt se résigna à son sort : la maladie avait un peu brisé son énergie austère; il était devenu plus liant et plus accessible. D'ailleurs sa bonne conduite lui avait attiré des ménagements de la part des chefs : les durs travaux de la chiourme lui furent épargnés ; on voulut le faire *paillot*, et l'occuper aux écritures de l'administration : mais je ne sais quel instinct et quel charme confus de souvenir lui firent solliciter un autre emploi, et il

fut attaché comme infirmier, avec beaucoup d'autres , à l'hôpital général de la marine.

C'est encore une des singularités du bagne, que cette nouvelle espèce de travail forcé qu'on impose aux condamnés. Ce
sont des malades qui viennent en soigner d'autres , plus
plaints et pourtant bien moins à plaindre qu'eux ; des infirmes
de tête et de cœur que l'on oblige à apporter remède à des
infirmités de tempérament et d'organes ; des hommes qui ont
tué que l'on emploie à adoucir et à conserver des existences ;
des êtres enfin que l'on croit durs et féroces , et dont la pitié
est chaque jour mise à contribution. Il arrive sans doute par
fois à ceux de ces êtres qui se sentent et se comprennent , de
mettre leur long et douloureux avenir en regard de l'avenir
de quelques heures qui reste au malade dont ils surveillent les
derniers moments , et de souhaiter pour eux-mêmes une mort
aussi prochaine et aussi calme , un adieu pur d'inquiétudes
et de remords.

Il y a un autre contraste non moins frappant dans la présence à côté du chevet , des deux figures si diverses de la
religieuse et du forçat ; l'une qui porte sur ses traits rudes
l'empreinte de mille passions et de mille souffrances ; l'autre
dont l'expression angélique ne parle à ceux qui la contemplent
que de compassion et de charité ; fantômes étranges et mysté-

rieux que l'œil du mourant distingue au pied de son lit , et
qu'il doit prendre quelquefois pour des apparitions du ciel et
de l'enfer se disputant son âme prête à s'envoler , créatures
séparées par un abîme que l'hôpital rapproche tout-à-coup, et
qui pratiquent les mêmes œuvres , au nom des hommes et au
nom de Dieu ; toutes deux divorcées avec le monde , toutes
deux suivant leur voie étroite et ignorée à travers les priva-
tions du cloître et du bagne , et les profondes amertumes du
cœur.

Jérôme rêvait souvent à ces choses, et il trouvait un plaisir
inconnu dans ce rapprochement bizarre de deux destinées, si
éloignées en apparence ; souvent lorsqu'aucun malade ne se
plaignait, et que le silence régnait partout, il se tenait debout
le long de la muraille , et croisant les bras sur sa poitrine , il
suivait de l'œil , d'un bout de la galerie à l'autre , les allées
et venues des sœurs grises , il prêtait un sens à leur marche
lente et mesurée , à leur physionomie muette et immobile. Ce
qui arrive à tous les hommes qui se trouvent en relations fréquentes avec quelques femmes , lui était arrivé peu à peu ; il
avait fait son choix parmi les femmes qui l'entouraient ; il
avait distingué l'une d'elles pour lui vouer une sorte de pré-
dilection et de sympathie coutumière ; et la sœur Thérèse le
trouvait toujours mieux disposé à exécuter ses ordres , à

seconder son activité et son dévouement de garde-malade. Il
se souvint bientôt que cette jeune religieuse l'avait soigné,
lui aussi, pendant qu'il se mourait de la fièvre ; il se souvint
d'avoir quelquefois rencontré ses regards compatissants et
attentifs, lorsque, du lit où il était couché, il laissait tomber
au hasard ses secrets de jeunesse, et l'accent profond de ses
angoisses et de ses regrets. A force de rêver et de se souvenir
ainsi, à force de regarder la pâle figure de la femme sainte,
et d'étudier au fond de ses yeux humides ce qu'il y avait de
bienveillance et de piété dans son âme, Jérôme, le meurtrier,
le forçat, l'homme voué à l'infamie de la chiourme et du
bonnet vert, Jérôme sentit qu'il aimait, qu'il aimait en dépit
de lui-même, en dépit des hommes et de Dieu. Cet amour
était descendu dans son cœur, et avait purifié ce qu'il renfermait encore de principes mauvais et de passions haineuses;
c'était comme un rayon céleste qui perce une nuée d'orage ;
c'était comme un baptême qui lavait le vieil homme, et le
renvoyait, jeune et fort, avec une bénédiction et une espérance.... Je me trompe, Jérôme n'espérait pas.

Il portait en lui une conscience droite et lucide qui lui
défendait d'espérer ; il savait qu'il y avait entre Thérèse et
lui un abîme de plus qu'entre lui et toute autre femme : car
il y avait des deux parts quelque chose d'irrévocable et d'é-

ternel ; ici éternité de chasteté et de prière ; là éternité de malédiction et de flétrissure ; ici un serment, là un écrou. Jérôme renferma donc son amour comme l'avare renferme son trésor, comme le malheureux qui médite un suicide, cache l'instrument de mort dont il a déjà honte, et qu'il veut garder pour lui seul : il le voila aux yeux de tous ; il fit de son cœur comme un tombeau isolé où toute cette ardeur nouvelle était ensevelie vivante ; il ne parla plus à la religieuse ; il ne la regarda plus que de loin et avec crainte : mais il redoubla de courage et de dévouement au travail ; il se rendit le père et la providence des malades, il dépensa en abnégation et en bonnes œuvres, cet excès de vie qu'il avait peur de voir déborder. Tout ce que voulait la sœur était prévu et réalisé avant qu'elle l'eût demandé ; tout ce qu'elle ordonnait était exécuté sans hésitation et sans relâche ; Jérôme s'appliquait à lui rendre sa tâche douce et facile, en faisant la sienne plus pénible et plus dure ; il lui épargnait autant qu'il était en lui, ce que les fonctions d'infirmière avaient parfois de repoussant ; et on eût pu alors le comparer à ce jeune Walter Raleigh, qui jetait son manteau sous les pieds d'Elisabeth, sa reine adorée, pour leur épargner le contact de la poussière et de la boue.

Plusieurs jours, plusieurs mois se passèrent, et Jérôme

Imbert était toujours infirmier, et la sœur Sainte-Thérèse, qui avait toujours à s'étonner de son zèle et de sa prévoyance, lui rendait en égards ce que le condamné déployait à cause d'elle de dévouement et d'opiniâtreté au travail. Un matin il ne la vit pas venir à l'heure accoutumée ; elle ne parut pas dans les salles de tout le jour ; le lendemain elle ne vint pas encore, et les yeux de Jérôme la cherchèrent en vain au milieu de ses compagnes. Cette absence se prolongeait, sans qu'aucune nouvelle lui parvint, sans qu'il osât même en demander à personne, de peur de se trahir. Et pourtant il dévorait en lui-même une tristesse amère et des découragements infinis ; il lui était cruel de renoncer à ces muettes contemplations de chaque jour, à ces bruits de pas et à ces frôlements de robe qui le faisaient tressaillir ; à cet amour enfin, à cet amour sans issue et sans espoir que Dieu lui avait peut-être envoyé comme un châtiment, et qu'il avait reçu comme une consolation.

Un soir, on vint chercher Jérôme Imbert, pour veiller auprès d'un corps que la vie venait de quitter : il marcha, résigné et sombre ; et, conduit dans une chambre étroite qu'il n'avait jamais vue, et qu'une faible lueur éclairait à peine, il s'assit près du lit funèbre où le cadavre était gisant. Bientôt on le laissa seul dans cette atmosphère de mort.

La rêverie muette dans laquelle s'était renfermé le forçat depuis la disparution de la jeune religieuse, l'avait accompagné jusqu'au chevet dont on lui confiait la garde, et son front incliné et ses bras pendants donnaient à son attitude un air d'abattement et de somnolence. C'était bien là le travail forcé du bagne qu'un homme de pensée exécute avec répugnance et dégoût.

Quand il leva la tête, et qu'il regarda autour de lui, il fut surpris de ne voir dans la chambre où il était renfermé que des meubles et des vêtements de femme, un prie-dieu, un bénitier, un long chapelet d'ébène, une guimpe virginale et une robe grisâtre jetées sur le dos d'un fauteuil délabré. Je ne sais quel frisson soudain agita les membres de Jérôme; il se leva brusquement, entr'ouvrit les rideaux qui voilaient la couche; et, sa main tremblante découvrant sous le drap mortuaire la blanche et pâle figure d'une religieuse, il retomba sur lui-même, muet, brisé, anéanti. Le nom sacré de Thérèse avait pour la première fois couru sur les lèvres blêmies du forçat. C'était la sœur Sainte-Thérèse qui était morte.

Elle était morte, la pure et sainte fille, parce qu'elle aussi, elle avait senti en elle quelque chose d'inouï et d'étrange, en regardant la figure grande et ravagée du condamné : elle s'était habituée à le voir et à l'entendre ; elle avait subi, malgré elle, l'influence de son regard profond et vague ; elle n'avait pu se soustraire à ce mystérieux rayonnement de sympathie qui s'établit entre deux êtres, et qui court de l'un à l'autre à travers tous les obstacles et tous les intervalles. Elle avait aimé Jérôme comme Jérôme l'aimait, sans lui rien dire de son amour, et sans savoir s'il était partagé : longtemps même, elle n'avait pas osé se le confesser à elle-même. Mais le jour où il avait fallu se faire cet aveu, elle avait plié sous le poids ; elle en avait été écrasée ; elle était morte. Ainsi la même croix de désespoir et de honte avait pesé successivement sur ces deux êtres ; l'homme fort avait survécu : la femme faible avait succombé.

A la pointe du jour, quelques religieuses vinrent ensevelir leur sœur défunte : elles furent consternées en entrant, par le spectacle inattendu qui s'offrit à elles ! Les rideaux du lit avaient été ouverts ; le drap qui couvrait la tête de Thérèse était levé, et l'un de ses bras pendait sur sa couche, à demi caché par la tête inclinée d'un homme vêtu de rouge, qui demeurait là, immobile, à genoux, étreignant de ses deux mains la main de la morte. On voulut éloigner cet homme, et l'enlever aux précieux restes dont il semblait faire sa proie : en le toucha, on lui souleva la tête : il était mort aussi.

En sorte que le menuisier de Brest auquel on confie habi-

tuellement la fabrication des cercueils en eut au moins deux
à faire pour ce jour là. Mais les deux victimes, qui avaient
été séparées sur la terre, ne purent être réunies dans son
sein ; et le sol béni qui reçut la religieuse était bien éloigné de
la fosse commune où fut jeté le corps du forçat.

En creusant le sens profond que renferment ces deux souffrances, n'est-il pas permis de se demander ce qu'il serait
advenu de fâcheux et de destructif pour le monde social et
pour la morale individuelle, s'il y eût eu une liberté et une
réhabilitation possibles pour Thérèse et pour Jérôme, et si le
lien claustral de l'une avait pu, en même temps que la chaîne
pénitentiaire de l'autre, être brisé par la main qui purifie et
régénère toutes choses. La société eût fait grace à l'homme
de la flétrissure qu'elle lui imprime sans pitié et sans pardon ;
à la femme des préjugés qui l'emprisonnent dans son vœu
comme dans un cachot muré ; et l'amour, qui est la vie de
l'homme et du monde, n'aurait pas tué, cette fois, ce qu'il
a toujours mission de développer et d'affranchir.

Dans tous les cas, cette histoire restera comme une élégie
sombre, comme un épisode lugubre et fatal de la vie du
bagne ; et on comprendra mieux, et on plaindra peut-être
davantage le sort du forçat, quand on l'aura vu ainsi souffrir
et aimer.

7.

MONSIEUR POMPÉE.

Il existe dans l'arrondissement de Bayeux , sur les bords de la Seulle , un village qui n'offre rien de poétique ni de pittoresque , et , dans ce village , une vieille église abandonnée depuis la révolution , mais qu'on a eu au moins la pudeur de ne pas consacrer, sous prétexte d'utilité publique ou particulière , à un nouveau , à un profane usage. Les églises qui portent ainsi le deuil de leurs saints et de leur culte , devraient avoir le sort de ces femmes du Sultan , que l'on tuait , dit-on , pour ne pas les laisser passer en d'autres mains : mieux vaudrait raser les temples que de les souiller.

L'église de Couvert était sous l'invocation de sainte Bazire; et les habitants du pays savent, à propos de cette sainte et de son supplice, une histoire que l'auteur des *Martyrs* eût pu rendre bien touchante, mais qui, en raison des singuliers anachronismes et des détails bizarres que nos *Châteaubriand* de village y ont ajoutés, est devenue à la longue quelque chose de plaisant et de grotesque.

Sainte Bazire était donc chrétienne, comme son nom l'indique suffisamment : mais son christianisme était précoce, et il n'y avait pas encore eu un seul apôtre qui eut prêché soit dans les Gaules, soit partout ailleurs; Jésus même n'était pas encore né, que la pieuse fille subissait le martyre, et décorait de son pur sang de vierge la première page encore blanche de l'Évangile.

C'était le général Pompée (fiez-vous-en à la chronique), qui occupait alors, sans doute en qualité de lieutenant du général César, le pays de Couvert et ses environs. Le général, ayant appris qu'une femme se permettait de n'adorer ni Junon, ni Jupiter, de ne jamais laisser envoler de blanches colombes au pied de l'autel de Vénus, de se montrer enfin tout-à-fait hostile à la religion de l'état, ou, pour mieux dire, de la majorité des Gaulois; le général Pompée usa, en cette circonstance du pouvoir discrétionnaire dont il était revêtu ; et, après les interrogatoires et les sommations d'usage , trouvant toujours l'âme de Bazire inaccessible à ses promesses comme à ses menaces , il ordonna négligemment qu'elle fût conduite au supplice.

Dès le lendemain , à l'aurore , sainte Bazire , chargée de chaînes , fut amenée sur un terrain inculte qui s'étendait en face de la tente proconsulaire ; elle pria , sourit à ses bour-reaux , et sa tête , détachée par la hache du licteur, tomba.... A ce moment , un spectacle étrange vint frapper les regards du peuple : la tête coupée , comme si elle se fût envolée à l'aide de sa longue chevelure éparse , bondit sept fois avec violence sur le sol nu ; puis elle s'éleva majestueusement dans les airs , laissant tomber après elle une longue traînée de sang , et disparut derrière les nuages colorés du matin.

Quand tous les yeux , qu'avait attirés ce prodige , se bais-sèrent éblouis , une nouvelle merveille vint les étonner et les confondre : des sept places ensanglantées que la tête bondis-sante avait touchées en tombant , sept sources limpides ve-naient de jaillir ; et , aujourd'hui encore , les sept fontaines miraculeuses de sainte Bazire peuvent se distinguer sous les grandes herbes qui les couvrent , à l'endroit même où eut lieu la décollation de la vierge chrétienne.

En mémoire de cet évènement, et lorsque la bannière du Christ eut été officiellement plantée dans les Gaules, l'église de Couvert dut naturellement prendre sainte Bazire pour patronne, et le jour de sa fête, qui était aussi celui de sa mort, fut toujours célébré dans le village par une affluence considérable, et par les témoignages d'une piété exemplaire.

Mais arriva l'époque de 89, époque si fatale aux anciens monuments et aux anciennes idées, aux vieux cultes et aux vieilles lois. La révolution philosophique passa peu à peu dans les faits et dans les masses, et 93 poussa en dehors des bornes les conséquences des principes proclamés. Ce fut alors, parmi les habitants des villes, et jusqu'au fond des villages, une ardente réaction d'athéisme. Les prêtres s'étaient cramponnés aux rois, et on les avait rejetés ensemble : les églises avaient paru faire cause commune avec les palais, et elles furent encore confondues avec eux dans la colère du peuple. La religion et la monarchie n'étaient plus que deux sœurs coupables, destinées à périr du même coup.

Le village de Couvert eut, comme les autres, sa réaction anti-religieuse et ses iconoclastes : le signal de ruine avait roulé en grondant du haut de la terrible Montagne, et il s'était abattu comme une avalanche sur toutes les choses de l'ancien monde qui étaient encore restées debout. Les fortes têtes de

l'endroit s'exaltèrent ; le culte fut abandonné , et l'église ,
d'abord fermée , ne s'ouvrit une seconde fois que pour recevoir dans son sein les dévastateurs. Il fallait faire place nette
pour les séances de la *section ;* il fallait préparer les voies à la
nouvelle idole que les révélateurs du comité suprême avaient
décrétée. Le temps des saints et des reliques était bien loin.

Déjà les ornements de l'église et la plupart des accessoires
du culte avaient disparu sous des mains profanes : mais
l'image révérée de la patronne , la blanche statue de sainte
Bazire demeurait inattaquée dans sa niche , et les plus hardis
hésitaient à lever le bras sur elle.

Tout-à-coup un homme se présente : il est armé d'une
longue corde que ses mains déroulent avec assurance ; bientôt
il la jette adroitement autour du cou de la sainte , et, à l'aide
d'un nœud coulant qui l'étreint fortement , il espère la faire
tomber tout entière du haut de son piédestal. Mais ses efforts
sont vains ; la statue résiste , et, lorsqu'une secousse déses-
pérée imprime à la corde une tension plus énergique , la tête
de plâtre se sépare seule du tronc immobile , bondit sept fois
sur les dalles unies du chœur, et vient se briser aux pieds du
sacrilège. On dit même que les pierres qu'elle toucha ainsi
gardèrent longtemps l'empreinte de sept taches de sang.

Ainsi fut consommée l'œuvre de profanation qui désola

l'église de Couvert : mais l'homme qui en avait été le héros
devint fameux dans le pays ; et , comme les circonstances de
son action présentaient des rapprochements singuliers avec
le martyre véritable de sainte Bazyre , on lui donna , comme
une distinction honorable , le nom du proconsul qui avait or-
donné le supplice de la vierge gauloise , et *monsieur Pompée*
fut bientôt l'individu le plus considérable des environs. On
venait le consulter sur toutes les affaires graves ; il était le
vicaire-général de la déesse Raison ; le représentant en titre
de la république indivisible ; il savait , vingt-quatre heures
à l'avance , les victoires des armées et celles de la Montagne;
il était l'oracle de la *section* de Couvert ; enfin , s'il y eût eu
quelque gouvernement provisoire à organiser dans son ressort,
monsieur Pompée eût infailliblement signé les passe-ports et
délivré les certificats de civisme.

Malgré cette éclatante auréole qui entourait, en tous temps
et en tous lieux , le front du tribun , de sombres nuages venaient souvent l'obscurcir. Lui, qui avait dû étudier quelque
peu l'histoire de la république romaine , et de ces hommes de
bronze sur lesquels il cherchait à se modeler, ne pouvait s'empêcher parfois de réfléchir avec une sorte d'inquiétude à la
malheureuse fin de son précurseur ; les sbires du roi d'Egypte
lui revenaient en rêve , et cette tête sanglante de Pompée , sur

laquelle pleura César, faisait passer de mauvaises nuits à son grotesque homonyme.

Quelques signes bizarres confirmèrent peu à peu ces pressentiments : un soir qu'il revenait du marché voisin, traînant après lui , au bout d'une corde , une truie qu'il venait d'acquérir, l'animal mutin grognait et se débattait sur la route , se laissant saisir brutalement par la tête et par les oreilles, sans devenir plus résigné et plus docile. Pourtant sa colère parut s'apaiser un instant , et le campagnard continua à le tirer dans l'ombre avec effort ; mais, arrivé aux premières maisons de Couvert, il se retourna et s'approcha de son pauvre compagnon de voyage , qu'il trouva étranglé par la corde qui lui tenait lieu de licou.

Or, cette corde était celle à l'aide de laquelle il avait abattu la tête de sainte Bazire.

Plus tard , il se mit en devoir de porter à la ville une tonne de cidre dont il allait toucher le prix. Mais à peine la voiture était-elle sortie du village , que le tonneau , brisant les liens qui le retenaient, glissa sur les brancards , et écrasa dans sa chute le premier cheval de l'attelage.

Or, les liens qui attachaient le tonneau de *monsieur Pompée*, n'étaient autres que cette corde avec laquelle il avait abattu la tête de sainte Bazire.

On ne s'étonnera plus maintenant que *monsieur Pompée* eut quelquefois une physionomie morne et contrainte : je ne sais quel sort avait été jeté sur sa maison : rien n'y prospérait. D'ailleurs, les affaires de la république n'allaient pas mieux, et, quand vint la chute du grand pontife de la Raison, *monsieur Pompée*, ruiné, découragé, déçu dans toutes ses espérances, prit une résolution extrême.

Il alla se pendre dans son grenier.

Après avoir enfoncé son bonnet de manière à cacher toute sa figure, pour que ceux qui le verraient après sa mort ne fussent pas effrayés de la contraction des traits et de la laideur du nouveau Brutus, il glissa sa tête dans le nœud coulant, et, repoussant l'escabeau qui soutenait ses pieds, il se prépara à mourir. Longtemps il se crut bien pendu et bien mort ; mais force lui fut à la fin de reconnaître qu'il était encore plein de santé et de vie, et que la corde dont il s'était servi lui refusait obstinément son ministère.

Or, cette corde était celle qui avait abattu la tête de sainte Bazire.

Frappé de ces accidents successifs, *monsieur Pompée* se résigna à vivre ; il se débarrassa en toute hâte de la corde ensorcelée qui semblait avoir pour mission de faire toujours le contraire de ce qu'il lui demanderait. Mais elle porta malheur à ceux qui l'achetèrent : elle laissait glisser les seaux au fond des puits, les barques au fond de la rivière, les paniers de légumes dans les fossés de la route. Le sonneur de Couvert, qui l'avait attachée à la cloche de son église, rendue au culte, fit tomber la foudre sur le clocher et sur lui-même, en l'agitant au milieu d'une nuit d'orage ; enfin, la malheureuse corde fit tant, qu'on crut devoir tarir la source du mal, en assommant purement son premier propriétaire.

Ce qui fut fait.

Lorsque les habitants de la commune et les marguilliers de la paroisse conduisirent à sa dernière demeure le corps de *monsieur Pompée,* le fossoyeur, qui descendait son cercueil dans la fosse, sentit tout-à-coup la corde attachée aux deux extrémités se briser entre ses mains : la bière de bois blanc tomba lourdement au fond du trou, et tous les assistants purent encore reconnaître la fatale corde de sainte Bazire.

Mais on se garda bien de la conserver cette fois, et les pelletées de terre, qui furent jetées de toutes parts sur la tombe, engloutirent à la fois, dans la même fosse, l'homme qui avait décolé l'image bénie, et l'instrument dont il s'était servi pour consommer son acte de vandalisme.

La moralité que l'on peut tirer de cette histoire très-véritable, c'est qu'il ne faut jamais toucher ni aux têtes ni aux statues ; parce que les têtes se vengent, et que les statues écrasent ceux qui les renversent. *Monsieur Pompée* est une preuve mémorable de ce que nous avançons, et il faut recommander sérieusement sa burlesque biographie à tous les hommes qui font les ruines ou qui les outragent.

8.

SIMPLE HISTOIRE

D'UN PEUPLIER,

Nous venions de traverser, Pierre et moi, une de ces petites villes de l'Orléanais, si actives et si remuantes au mois d'octobre, lorsque les vendanges s'achèvent, et que les taverniers ont hâte de voir vider leurs vieux tonneaux pour faire place à la récolte nouvelle. Au coin de chaque rue, nous avions rencontré *les pressureurs,*, hommes à la taille athlétique et au teint brun, arborant avec un certain orgueil le bonnet phrygien en grosse laine rouge, dont ils se coiffent de temps immémorial à cette époque, pour annoncer aux propriétaires de vignes leur profession passagère , et appuyés sur ces grands bâtons de hauteur d'homme , appelés *tinets* , qui leur serviront à porter au pressoir la tonne où se déversent , l'une après l'autre , toutes les hottes des vendangeurs. Il avait fallu aussi nous adosser aux maisons pour laisser passer le cortège des retours de vendange , ayant à sa tête des char- riots chargés de raisin ; puis quelques virtuoses campagnards armés de violons et de trombonnes ; puis enfin la foule des hommes et des femmes , préludant au bal du soir par leurs rires et leurs chansons indigènes.

Arrivés à l'extrémité du faubourg, mon ami envisagea, au seuil d'une petite maison enfumée , un vieillard courbé et souffrant , dont tous les traits portaient les symptômes d'une fièvre contre laquelle ce malheureux ne semblait prendre aucune des précautions les plus urgentes. Il était là , les bras nuds et le front en sueur , élaborant des douves de tonneaux qu'il cherchait à réunir au moyen de cercles flexibles , et entouré de tous les outils que l'on emploie ordinairement pour tous les ouvrages de charronnage et de menuiserie.

Pierre avait évidemment le désir de lier conversation avec cet homme, dont la physionomie altérée et mélancolique l'avait intéressé au premier abord. Je voulus lui en épargner les préliminaires en attirant sur nous l'attention du vieillard.

Quel est ce bois? dis-je en m'arrêtant, et montrant de la main quelques planches qui n'avaient pas encore servi?

— Chêne, répondit le paysan, sans lever la tête, et croyant sans doute avoir affaire à quelqu'un de ces jeunes parisiens, chasseurs ou voyageurs pittoresques, qui affectent d'ignorer jusqu'à la manière dont vient le blé, et jusqu'aux choses les plus simples de la campagne et de la nature.

— Et celui-ci? ajoutai-je, en indiquant d'autres planches plus légères, qui se trouvaient à côté.

— Oh! quant à celles-ci, interrompit Pierre, prenant un ton doctoral, et comme s'il avait oublié bien vite son mouvement de pitié et d'intérêt philanthropique pour le plaisir de faire un peu d'érudition en face d'ignorants tels que nous ; je vais te le dire : ce que tu vois est le peuplier noir, *populus fastigiata ;* il y en a qui font fi de cet arbre comme d'une végétation inutile, et pourtant il n'y a pas jusqu'à sa feuille dont les chèvres et les brebis ne puissent se nourrir pendant l'hiver : les Kamschadales se font du pain avec son écorce ; le duvet de ses aigrettes peut se transformer au besoin en toiles très-belles ou en papier superfin ; c'est avec les bourgeons du peuplier que l'on fabrique ces merveilleux vulnéraires suisses, auxquels ne résiste aucune plaie. Pline dit que de son temps on l'employait à appuyer la vigne et à faire des boucliers ; et , de nos jours , on en fait de petits meubles coquets pour les jolies femmes et des cercueils pour les pauvres. Je gagerais , par exemple , que c'est à ce dernier usage que sont destinées les planches minces et longues que nous voyons ici.

— Vous avez deviné , monsieur, dit le charron ; et comme il levait la tête en disant cela , nous pûmes distinguer une grosse larme qui venait de rouler dans ses yeux , brillants du feu de la fièvre.

— Vous êtes malade , mon brave homme ! reprit Pierre , que sa digression scientifique et industrielle n'avait pas essoufflé.

Et il s'assit avec un air de sollicitude près du vieillard.

— Oh! oui, monsieur : voici huit jours que je n'ai dormi. Mais ce qu'a enduré mon pauvre corps n'est rien en comparaison de ce que j'ai souffert ailleurs.

— Contez-nous cela , lui dis-je à mon tour : la confiance soulage ; et nous sommes ici deux bons jeunes gens qui prenons d'avance une bien vive part à vos chagrins.

Le vieillard nous regarda avec un demi-sourire, où se peignaient à la fois le plaisir qu'il trouvait à être plaint, et la naïve reconnaissance que cette sympathie imprévue lui inspirait.

— C'est que, voyez-vous, j'avais eu le bonheur, après vingt ans de mariage, de recevoir, comme un cadeau du bon Dieu, une pauvre enfant sur laquelle nous n'osions plus compter. Quand ma petite Louise naquit, nous avions planté là-bas, dans le vallon, un peuplier aussi frêle et aussi jeune qu'elle : et Louise et le peuplier avaient grandi ensemble, comme des jumeaux, et nous les aimions tous deux comme nos deux enfants.

Les femmes riches peuvent n'être que mères, et elles trouvent même parfois le fardeau encore trop lourd : la mienne, qui était pauvre, se fit nourrice, et Louise eut un frère de lait. Mais ce qui nous surprenait tous, c'est qu'aux yeux de Louise, le frère de lait était bien loin de valoir le peuplier de la vallée : c'était celui-ci qu'elle aimait ; c'était sous ses jeunes branches qu'elle venait jouer, s'asseoir et dormir. A douze ans, l'arbuste était devenu un grand arbre, et Louise n'était encore qu'une petite fille : elle le voyait croître avec orgueil ; à chaque printemps, elle épiait la pousse des premières feuilles pour venir en courant nous en apporter la nouvelle ; et, dès que l'aurore arrivait, et que les branches se montraient noires et dégarnies, comme les membres d'un squelette, nous trouvions notre enfant toute triste et toute silencieuse : elle avait une angoisse pour chaque effort de la bise, une larme pour chaque feuille tombée.

Quand le peuplier eut élevé bien haut ses rameaux droits, effilés, serrés contre la tige, et que les petits oiseaux de la plaine vinrent chanter et faire leurs nids au sommet de cette pyramide de feuillage, la blonde enfant, qui avait quinze ans alors, se trouvait menacée de sentir se développer en elle de nouveaux attachements et de nouveaux goûts ; pourtant, l'arbre chéri n'avait pas encore trouvé de rival, et, toutes les fois que le frère de lait de Louise, qui habitait une maison de campagne dans les environs, venait nous voir, il était sûr de la rencontrer, rêveuse et préoccupée, sur le banc de gazon, qu'elle s'était fait elle-même au pied de son arbre.

M. Jules Saligny, c'était le nom du frère de lait, était un jeune homme bon et modeste, mais léger et frivole à l'excès : il s'était pris d'affection pour sa sœur la paysanne, il l'embrassait à chaque visite avec une franche et impétueuse cordialité. M. Jules ne s'aperçut pas que sa vue et sa présence causaient une impression de plus en plus vive sur l'esprit de ma fille : elle savait quand il devait venir ; elle l'attendait avec une impatience marquée, et son lieu de retraite favori ne lui était bientôt plus cher que parce qu'elle espérait y attirer le jeune homme.

Nous aurions bien voulu, nous les parents, nous les gens de sagesse et d'expérience, lui donner quelques avis paternels; mais nous ne savions jamais par où commencer. Louise avait pris sur nous un ascendant dont nous ne nous rendions pas compte : elle était dans la maison comme une sorte d'être supérieur et de bon génie ; et il se mêlait à notre amour pour elle, quelque chose qui ressemblait à du respect. Nous ne pûmes donc nous déterminer à l'entretenir de nos inquiétudes et de nos scrupules.

Un jour, il y a six mois de cela, la voiture découverte de M. Saligny passa rapidement devant la porte : Louise était sur le seuil, là, debout, comme vous êtes en ce moment, monsieur. Il n'y avait dans la voiture que deux personnes, M. Jules et une jeune dame, amie de sa mère : Jules paraissait fort occupé de sa compagne ; et il ne s'arrêta pas pour nous parler, comme il avait coutume de le faire, et il affecta même de ne pas nous voir.

Quand la voiture fut un peu loin, je cherchai Louise : elle n'était plus à la porte ; elle avait couru s'enfermer dans la chambre de sa mère, et je la trouvai appuyée sur le lit, la tête dans ses mains, et sanglottant.

Elle n'a pas quitté cette chambre et ce lit, monsieur ; elle fut prise le soir même d'une maladie que personne n'a pu expliquer ni guérir ; et cela a duré six mois, six mois de douleurs bien grandes pour elle et pour nous.

Le jour de sa mort, on vint m'annoncer que le peuplier de la vallée, que nous avions perdu de vue depuis longtemps, venait aussi de mourir, sans qu'on pût deviner pourquoi. Il y en a même qui ont prétendu que, du jour où Louise s'était alitée avait daté le dépérissement de l'arbre; en sorte que ceux qui craignaient de m'affliger en me demandant des nouvelles de ma fille, descendaient jusqu'aux bords de l'eau pour voir si le peuplier allait bien, ou si ses feuilles étaient devenues plus fanées et plus pâles, sûrs que la santé de la pauvre malade offrait les mêmes alternatives d'amélioration ou d'affaiblissement.

Après avoir assisté aux derniers moments de Louise, il me restait un bien triste devoir à remplir, mais je voulus porter ma croix jusqu'au bout. J'allai dans la prairie abattre le peuplier mort, et c'est moi qui ai fait avec ses planches la bière où mon enfant repose depuis huit jours; et il n'y a qu'une chose qui me console, c'est qu'il en reste encore assez pour moi. Aussi, comme cela ne sera pas long, ajouta le vieillard d'une voix plus faible et plus altérée, j'ai pris mes précautions d'avance; voici mes planches bientôt prêtes, et il ne restera plus qu'à les clouer sur mon corps. »

Nous ne voulûmes pas abuser de la douleur de ce pauvre homme, qui faisait vraiment pitié, et nous lui dîmes un

bonsoir attendri. Notre joyeuse promenade était arrivée à une
fin sérieuse et mélancolique, mais il y a aussi une vive sen-
sation de bien-être dans cet état de l'âme qui se retourne sur
elle-même, et s'humecte à la rosée des fraîches émotions et
des rêveries contemplatives.

— Sais-tu, me dit Pierre, après une pause, qu'il y a bien
de la poésie dans ce vieux charron qui se finit son cercueil
avec le même bois dont il a fait celui de sa fille ; qui partage
son temps et son travail entre un tonneau et un sarcophage,
le premier pour en vivre, et l'autre pour y mourir?

— Sais-tu aussi, lui dis-je, en regardant le paysage à
demi voilé par les vapeurs du soir, que, sans avoir besoin de
défigurer la nature sous un échafaudage d'érudition pédan-
tesque et prétentieuse, on trouve un charme infini dans ses
moindres détails et dans ses accidents les plus légers en
apparence. Chaque plante et chaque fleur renferment une
idylle et presque une épopée. Je ne sais si je ne préfère pas,
à cause de son innocence et de sa tristesse, la pervenche,
dont on couronnait après leur mort les vierges d'Etrurie, à
celle qui rappelait à notre Jean-Jacques Rousseau tant de
passions et tant d'erreurs. Mais dans toutes les productions
de la campagne, comme dans tous les épisodes de la vie du
hameau, je n'ai jamais manqué de rencontrer une foule d'i-

mages attrayantes.et de sources limpides d'inspiration. L'histoire du peuplier doit avoir sa place parmi les paysages frais
et purs de ce musée champêtre, et elle comptera désormais
au nombre de mes légendes les plus naïves et de mes meilleures impressions.

9.

LE SYLPHE IVROGNE.

I.

A l'extrémité de la bruyère de Loaven, du côté de la mer, on trouverait encore, en cherchant bien, les restes d'une tour fort antique, dont les briques rouges percent çà et là l'épais vêtement de lierre qui l'enveloppe. A voir cette ruine, qui n'est plus habitée que par quelques lézards gris et quelques mouettes blanches, la première idée qui vient est de monter sur les pans de murailles éboulées, et de contempler d'en haut le vaste océan bleu dont les vagues frangées d'écume viennent expirer au pied de la falaise : mais, lorsque l'œil, fatigué de s'égarer dans l'infini, se reposé sur des objets plus voisins, et découvre sous les ronces et sous les lianes à fleurs inodores, des arceaux presque intacts et des bas-reliefs antiques, on se prend à rêver au passé de ce donjon solitaire, à interroger curieusement ces vénérables reliques des anciens jours.

Du reste, il n'est pas difficile de se satisfaire à cet égard, et le premier breton qui passe vous dirait mieux que moi l'histoire du château de Loaven.

Un beau jour (il y a bien longtemps de cela), les salles basses du château étaient remplies d'une foule inaccoutumée : le vin du caveau réservé coulait à pleines coupes, et la chanson armoricaine retentissait en chœur. La commune gaieté était troublée de temps en temps par des rixes violentes, et un affreux tumulte éclatait alors. Au milieu d'une de ces scènes bruyantes, la porte qui donnait sur l'avenue de mélèzes s'ouvrit tout-à-coup, et laissa voir une pâle et belle enfant, toute vêtue de deuil, appuyée sur le bras d'une vieille femme : la foule des vassaux s'était levée à son aspect. Elle fit un geste de la main, et tout s'écoula dans le silence.

« Oh! rire et chanter ainsi le lendemain de la mort de mon père ! » s'écria douloureusement la jeune fille.

Elle ne savait pas qu'un ancien usage consacrait ces banquets des funérailles.

Peu de jours après, la vieille nourrice mourut elle-même, et fut enterrée sans pompe. Emma demeura seule dans le château.

II.

La pauvre Emma passait ses jours et ses nuits dans les larmes : à treize ans, elle se trouvait orpheline et délaissée ; elle attendait prochainement, il est vrai, des parents maternels qui devaient venir lui porter secours, et peut-être se partager avidement, comme une dépouille, l'héritage sacré de la famille. Souvent, appuyant sont front pâli sur les losanges de corne transparente qui éclairaient le plus haut appartement de la tour, elle regardait la mer, elle cherchait des yeux sur cette immensité quelque voile éloignée, et pleurait sans savoir pourquoi.

Un soir qu'elle regardait ainsi, tantôt soucieuse, et tantôt se laissant bercer aux illusions d'un vague espoir, elle crut distinguer à l'horizon une forme lumineuse : puis elle la vit s'approcher, s'approcher avec vitesse, sautant de flot en flot, svelte, légère et étourdie, comme sa pensée à elle, jeune fille, quand elle ne s'était pas encore flétrie dans le malheur.

« Qui donc es-tu, vision aérienne, se disait-elle en rêvant ?

Es-tu la blanche tartane qu'éclaire un rayon du soir? ou ce rayon lui-même qui bondit et scintille sur l'océan? Es-tu le goëland aux grandes ailes qui se repose en se balançant sur les vagues? Es-tu l'âme de mon père qui revient me voir et me consoler? »

La vision lumineuse approchait; et, pendant qu'Emma essuyait quelques larmes que la mémoire de son père faisait couler, un sylphe gracieux vint se poser sur son sein.

Je ne sais quel frissonnement de plaisir réveilla en sursaut la jeune fille : ses yeux et ses traits reprirent en ce moment tout l'éclat qu'ils avaient perdu.

« Que me veux-tu, sylphe des mers?

— La brise soufflait, et je n'avais pas ma pelisse de parfums; l'orage grondait, et j'étais dehors; je me suis réfugié sous tes voiles de lin comme un papillon dans le calice d'une fleur. Emma, accorde-moi repos et abri. »

La jeune fille, moitié de peur et moitié de joie, consentit à garder le sylphe; bientôt il s'endormit, ou fit semblant.

Le lendemain, elle l'entendit gémir et prier comme la veille; il s'agitait sur le sein d'Emma; et sa petite voix, douce et plaintive, ressemblait au bourdonnement de l'abeille qui cherche son miel en chantant.

« Sylphe des mers, que me veux-tu?

— Lorsque tu es sortie de ton sommeil, et pendant que le mien durait encore, tu as placé à côté de moi, pour décorer le nœud de ta robe, cette blanche rose dont la moindre corolle pourrait me servir de manteau : elle est trop lourde, cette rose, et son odeur est trop pénétrante, elle m'a causé cette nuit des rêves pénibles ; une foule de choses inconnues roulaient dans ma tête et retombaient sur mon cœur : je t'en prie, Emma, ôte cette rose ; tu ne m'as pas recueilli pour, me faire mourir.

La rose fut détachée et jetée au loin : alors le sylphe déploya ses petites ailes, et un rayon de plaisir brilla dans ses regards : mais sa voix redevint bientôt solliciteuse et suppliante comme les voix qui mendient.

« Sylphe des mers, que me veux-tu encore?

— Emma, douce Emma, je sens bien ton cœur qui bat et ta gorge émue qui se soulève : mais je ne vois qu'à peine, et par instants, étinceler tes yeux et ta bouche sourire. Oh ! rapproche-moi de tes yeux, qui me serviront de miroirs pour faire ma toilette du matin ; rapproche-moi de ta bouche, qui laisse tomber jusqu'à moi de si suaves paroles. Emma, le veux-tu? »

Une légère hésitation se peignit d'abord sur les traits de l'enfant : et puis elle céda, et le sylphe fut libre. Il était si jeune et si pur, et sa prière était si pressante !

Pour cette fois, le sylphe abusa grandement de sa liberté : il vola comme un éclair vers la bouche souriante de la jeune fille ; et elle le croyait bien loin, qu'une caresse délicate et un souffle parfumé vinrent effleurer ses lèvres roses, et lui causer un frémissement étrange. C'était quelque chose de plus doux que les baisers de son père ; de plus doux peut-être que ceux de sa mère, dont elle ne se souvenait plus.

L'enfant devint boudeuse et toute fâchée : elle se mit à poursuivre le sylphe pour châtier son espièglerie ; mais le sylphe voltigeait devant elle, toujours près de se laisser atteindre, et lui échappant toujours. Ils avaient ainsi parcouru presque tous les appartements du château, quand ils arrivèrent dans les salles basses, où le désordre du dernier banquet des funérailles n'avait pas encore été réparé. Parmi les flacons et les débris épars, une coupe dorée brillait sur la table, et le fugitif ne put mieux faire que de s'y cacher : la jeune fille passa en courant, sans l'apercevoir, et déjà moins désireuse de punir son hôte qu'inquiète de l'avoir perdu.

Quand elle revint sur ses pas, elle le découvrit dans sa cachette, et poussa un cri de joie en le voyant : ses bras enfantins s'étaient étourdiment tendus vers lui, et il profita de son abandon pour commettre un nouveau trait d'audace. Mais ce n'était plus cette fois l'attouchement aérien et l'haleine embaumée du premier baiser ; il y avait quelque chose d'infect dans le souffle du sylphe , et son baiser était lourd et bruyant comme un baiser d'homme.

Emma le contempla fixement , effrayée de ses petits yeux qui brillaient à fleur de tête , et de la teinte purpurine qui couvrait ses joues.

« Retire-toi , sylphe d'enfer ! » cria la jeune fille : et sa main le repoussa avec terreur. Le lutin étourdi marcha quelques minutes en trébuchant sur la grande table de chêne ; puis il remonta péniblement dans la coupe qui déjà lui avait servi d'asile. En regardant au fond , Emma le vit plongé jusqu'à la bouche dans un reste de vin du Rhin qu'on y avait oublié.

Le sylphe était ivre.

III.

A ce point , la tradition , qui s'était montrée jusqu'ici assez nette et parfaitement une , se divise en plusieurs embranchements et présente quelque obscurité : selon les uns , Emma aurait encore demeuré un certain nombre de jours dans le château ; le sylphe , qu'une première débauche avait entraîné à en faire de nouvelles , s'enivrait le jour, et venait chaque

nuit tourmenter sa bienfaitrice : on entendait fréquemment
du dehors des trépignements de pieds, des éclats de rire, et
des cris de jeune femme. Contrainte, pour échapper aux
poursuites de l'Esprit malfaisant, à sortir seule de la tour, au
milieu d'une nuit bien sombre, Emma aurait été surprise au
pied des rochers par la marée montante ; selon d'autres, les
parents qu'elle attendait arrivèrent enfin, et l'emmenèrent
de l'autre côté de la baie, où 'elle mourut bientôt du chagrin
que lui causaient la dépravation et la perte de son beau
sylphe.

Quoi qu'il en soit, il est constant qu'un arrêt du parlement
de Bretagne ordonna qu'en raison des sorcelleries, maléfices
et diableries qui s'opéraient journellement à Loaven, les
abords du château seraient interdits, et les scellés apposés
sur toutes les portes.

Malgré cet arrêt solennel, les diableries ne cessèrent pas :
les paysans qui passaient à distance voyaient souvent une
petite lumière voltiger du haut en bas des fenêtres, comme
une mouche captive, ou comme une étoile qui se serait trouvée enfermée par hasard dans le manoir, et qui aurait voulu
remonter vers ses sœurs du ciel.

C'était surtout lorsque le vent venait à détacher quelque
pierre des combles qui tombait avec fracas ; ou, à l'époque

des grandes marées, lorsque le mugissement des vagues retentissait jusque dans le château : c'était alors que la lumière
courait rapidement d'étage en étage. On disait dans le pays
que le sylphe, à la voix de la mer qui l'appelait, prenait un
flambeau, et cherchait une issue aux fissures des fenêtres et
aux lézardes des murs : mais on ajoutait qu'il était irrévo-
cablement condamné à mourir dans sa prison. Il paraît que,
fatigué de chercher ainsi, il se livra de nouveau, en désespoir
de cause, aux désordres de sa passion favorite.

En sorte qu'après de longues années, lorsque les gens des
environs, n'entendant plus de bruit et ne voyant plus errer
de lumières dans le château, s'enhardirent à enfoncer les
portes et à parcourir avec précaution les salles désertes, ils
finirent par trouver le sylphe noyé, comme le duc de Cla-
rence, dans une goutte de vin de Malvoisie.

Depuis ce jour, le château de Loaven demeura abandonné,
et il n'y eut aucune main d'homme qui osât arrêter ou accé-
lérer sa ruine.

10.

A QUOI SERVENT LES ROMANCES.

L'intérieur d'un salon est ordinairement quelque chose d'assez peu digne d'attention et d'intérêt. Si vous le trouvez rempli de monde et de bruit, étincelant de parures et de lumières, il vous éblouira peut-être ; mais ce sera l'éblouissement que l'éclair apporte et qui passe comme lui, sans laisser aucune trace de son passage. Si vous le voyez ensuite sombre et désert, avec ses meubles tristement adossés aux murailles et ses volets à demi-fermés, son aspect vous glacera de cette impression particulière que cause le vide, et vous

fera penser involontairement aux temples sans autels et aux
cœurs sans amours, à toutes les solitudes présentes, contrastant avec une vie et un mouvement qui ne sont plus.

Le salon de madame de Savigny échappait, il y a cinq ou
six années, à ce double inconvénient d'une splendeur et
d'une désolation excessives : placé au rez-de-chaussée d'une
jolie maison de campagne, il devait son éclat et son air de
fraîcheur moins à un ameublement plein d'élégance et à des
tentures somptueuses, qu'à une apparence générale de simplicité et de bon goût : et aussi, aux purs rayons de soleil et
à l'air embaumé qui venaient du dehors. Une habitation
blanche et coquette, étendue sur une pelouse odorante, et
entourée d'un rideau d'arbres verts, avec un ciel bleu au-
dessus de son toit bleu ; une petite rivière se dérobant sous
ses ponts de bois couverts de mousse, voilà ce qui fera cesser
l'éternelle antithèse des palais et des chaumières ; voilà la
transaction qui se ménage entre l'orgueil insolent des uns
et l'humble contenance des autres.

Dans le salon se trouvaient, au premier plan, la dame
châtelaine, et son docteur, qui se croyait appelé sans nul
doute a remplir auprès d'elle le rôle des petits abbés d'autrefois. C'était, du reste, une assez triste capacité de province ;
marchant habituellement à reculons, comme ces animaux

domestiques auxquels on a bouché les.yeux avec un bandeau;
tâtonnant et expérimentant sans cesse ; faisant enfin de la
médecine de symptômes , c'est-à-dire cherchant , toujours
trop tard , à réprimer le mal qu'il ne savait jamais prévenir.
M. Cuveilhier venait fort assidûment , chaque dimanche,
constater la parfaite santé de tous les habitants du château ,
depuis madame de Savigny jusqu'à l'épagneul de sa gouver-
nante ; et les consultations qu'on lui demandait parfois
n'avaient jamais rien de difficile ni de compliqué.

Un angle de l'appartement était occupé par un piano de
vieille facture , chargé de toute autre chose que de musique :
sorte de réservoir commun pour les chapeaux des visiteurs ,
les livres de Monsieur et les broderies de Madame; mais dont
le pupitre , dressé en ce moment sur ses grêles jambes d'a-
cajou , et revêtu de quelques cahiers à couvertures bleues et
roses, cachait une tête de jeune fille , que l'arrivée du Docteur
avait forcée de s'interrompre au milieu d'un morceau d'étude.

—Fanny , dit la châtelaine, que nous ne te gênions point ,
mon enfant! M. Cuveilhier est musicien , d'ailleurs , et je
suis sûre d'avance qu'il va te complimenter sur tes progrès.

M. Cuveilhier encouragea à son tour mademoiselle de
Savigny. L'Hippocrate berrichon avait beaucoup de préten-
tions en musique : il avait pris , pendant près de trois mois ,

des leçons de clarinette, et consacrait quelques-uns des nom-
breux loisirs que lui laissait sa clientelle à se perfectionner
solitairement dans cet art. Il lui était même arrivé une fois
ou deux de rendre compte de soirées philharmoniques de
Sancerre dans *le Journal des annonces, affiches et avis
divers* de ce chef-lieu d'arrondissement.

Fanny ne se fit prier en aucune façon ; mais elle chercha
sa musique avec nonchalance, frappa quelques minutes sur
les basses du clavier, et fit courir ses doigts à la poursuite
d'un certain nombre de gammes : puis elle se mit en devoir
de commencer.

Pendant le prélude, qui fut pénible et guindé comme le
sont beaucoup de préliminaires d'un tout autre genre, plusieurs personnes arrivèrent à petit bruit, et s'assirent, après
avoir salué silencieusement. La jeune virtuose ne s'animait
pas.

Puis de nouveaux promeneurs attardés entrèrent encore,
et le jeu monotone de la pianiste se transforma insensiblement en une exécution plus soignée et plus chaleureuse ;
les touches sonores frémissaient et chantaient sous ses mains
agiles : on eût dit que son âme jeune et impressionable se
projetait en un fluide harmonieux qui s'échappait de ses
doigts, avec sa candeur et ses joies d'enfant, avec ses caprices

de douleur et ses mobiles inquiétudes ; avec tout ce tissu
délicat de sentiments confus , d'appréhensions et d'espérances , qui fait d'un cœur de seize ans tout ce qu'il y a de
plus ravissant et de plus mystérieux au monde. Les femmes,
dont la bouche est fermée comme par un baillon , et qui ne
peuvent dire avec la voix ce qu'elles ont dans la tête et dans
le cœur, le disent avec les touches de leur clavier ; et elles se
laissent aller à cet épanchement avec d'autant plus d'abandon
qu'elles sont moins libres ou moins heureuses. Elles inventent
alors une langue particulière que certains initiés peuvent
seuls comprendre , et sur laquelle une foule d'auditeurs de
bonne volonté se méprennent toujours singulierement. Au
reste , on leur épargne d'ordinaire le soin de déchiffrer ces
énigmes , et le gracieux sphynx qui les porte écrites sur son
front ne le dévoile le plus souvent que dans la solitude abso-
lue ou en présence d'un objet aimé.

— Bravo ! bravo ! cria-t-on de toutes parts , quand le
morceau fut fini. Mais le soleil de mai et le bruissement des
feuilles rendaient impatients beaucoup de ces dilettantes
complimenteurs qui ne trouvaient pas au fond un plaisir bien
vif à entendre *s'exercer* la jeune fille ; et le salon se vida de
nouveau.

— Monsieur Joseph de Ferrière? dit la châtelaine, toujours

occupée jusqu'alors à écouter son docteur ; n'avez-vous pas apporté à ma fille quelque musique nouvelle ?

— Une seule romance, madame, répondit un jeune homme assez modestement vêtu , que l'on avait pu ne pas remarquer jusqu'alors , tant il était retiré dans le coin le plus obscur de l'appartement.

— Et quel en est le titre , monsieur?

— Vous , par Masini et Barateau.

— Masini est un *joli* compositeur, observa le judicieux M. Cuveilhier.

— Eh! bien, chantez cette romance à Fanny , pour qu'elle l'apprenne plus vite, reprit la mère.

— Si mademoiselle veut bien le permettre , nous essaierons de la solfier ensemble.

Le jeune homme s'approcha du piano , avec sa romance à la main : il l'étendit sur le pupitre , et Fanny ébaucha en se jouant les notes qui formaient le chant.

— *Andantino ,* s'il vous plaît , mademoiselle.

Joseph tremblait un peu : madame de Savigny , ennuyée de ces préparatifs, pria le docteur de lui offrir son bras, et sortit, en reprenant sa causerie interrompue. Joseph trembla encore davantage. Il s'assit à côté de la jeune pianiste , et l'invita à préluder.

La romance, lorsqu'elle n'est pas niaise, peut avoir beaucoup de prix aux yeux de l'artiste. La plupart des gens se perdraient ou auraient le vertige, au milieu des morceaux d'ensemble et des puissantes agitations de l'harmonie. Il y en a beaucoup qui adorent la musique dans la romance, comme ils adorent, par exemple, Dieu sous les traits d'un enfant débile, parce que, sans cela, ils seraient incapables de concevoir et d'aborder toute sa grandeur infinie. Et cette exiguité et cette faiblesse, toujours accompagnées de souffrance, contribuent à attirer sur de telles personnifications un intérêt plus vif et un amour plus intelligent.

La romance est une petite création complète, un petit monde qui suit la route sans rencontrer d'obstacles, et qui arrive à son but régulièrement et sans efforts. Qu'une idée tendre et rêveuse tombe du cerveau du poète ou du compositeur, comme une larme de ses yeux, elle s'évaporera dans le poème ou dans la symphonie, elle se condensera dans la romance. Et puis, elle sera bien vite populaire, parce qu'elle aura été dès l'origine, aisée, alerte, et court vêtue. Homère, Tasse, le *Romancero* espagnol, n'ont été reçus dans le peuple qu'à cette condition.

Pour ce qui est des émotions et des jouissances individuelles, rien n'a prise sur les cœurs faciles comme ces élégies en trois stances où la passion prend un corps et une figure, où elle parle, où elle gémit, où chacun de ses élans correspond à une combinaison musicale et à une expression poétique. Le *Ranz-des-Vaches* est le symbole, aujourd'hui presque oublié, de cette vertu essentielle de la romance, et chacun de nous a dans sa mémoire quelque vieil air de nourrice, quelque refrain entendu dans les ateliers ou sur les montagnes, quelque walse sautillante ou voluptueuse, qui nous font sourire ou pleurer à l'occasion, et qui nous reportent incontinent à des souvenirs évanouis.

— A quoi pensez-vous donc, Monsieur Joseph? dit Fanny en riant : voici déjà deux fois que je recommence la ritournelle, et vous ne chantez pas!

— Oh! pardon, mademoiselle! c'est que j'apprenais par cœur les paroles du dernier couplet.

Le jeune homme rougit un peu de son mensonge; puis il chanta :

> Ange à la voix tendre,
> Ange aux blonds cheveux....

Joseph fixait singulièrement Fanny en disant ces deux vers; il promenait ses yeux de sa bouche rose à son front vraiment angélique, où se jouaient en boucles soyeuses de beaux cheveux blonds.

> Puissiez-vous comprendre
> Mes pleurs et mes vœux.

Il croisait les mains en chantant cela , comme un malheureux qui supplie : il semblait vouloir exprimer tout ce qu'il y avait de désirs dans son âme , et tout ce qu'un refus sévère lui coûterait de désespoir et de larmes. Ce fut en dirigeant vers le ciel un œil humide et rêveur qu'il acheva ainsi le couplet :

> Quand brille une étoile
> Dans un ciel plus doux ,
> Mon regard se voile ,
> Et je pense à vous !

La deuxième strophe fut dite avec une expression aussi marquée : mais , lorsque vint la troisième , la voix du jeune homme se fit bientôt si étrangement passionnée , que la naïve pianiste s'en émut, et fut sur le point de s'arrêter. Il chantait :

> Lorsque je sommeille ,
> Mon ange apparait ;
> Tout bas son oreille
> Reçoit mon secret.....
> Je lui dis : Je t'aime ,
> Je t'aime à genoux !...

A ce mot, Fanny reporta brusquement son regard troublé,

de la page qu'elle lisait sur le jeune homme qui était près d'elle; et elle crut le voir glisser petit à petit sur son tabouret, tomber mollement à ses pieds, et saisir une de ses mains, que les siennes prenaient avec force, et que sa bouche couvrait de baisers. La pauvre enfant ne savait plus ce qu'il fallait faire, ni ce qu'elle allait devenir.

— Eh bien, enfants! dit madame de Savigny qui rentrait, est-elle enfin apprise, cette romance? Si tu m'en crois, Fanny, tu étudieras l'accompagnement toute seule, et monsieur Joseph voudra bien venir te la chanter de nouveau.

— Oh! cela est inutile, maman; nous la savons fort bien maintenant tous les deux.

— Mais, interrompit Joseph, qui s'était relevé et rassis en un clin d'œil, en posant sur le piano un gant qu'il avait feint de ramasser; j'ai une autre romance qui devra plaire davantage à mademoiselle Fanny, car elle est encore écrite avec plus de charme et de sentiment. Elle a pour titre un simple mot, comme la premiere : Toi.

— Et quand nous la chanterez-vous, monsieur Joseph, dit Fanny d'un air empressé? Ce soir, n'est-ce pas? ajouta-t-elle à voix basse; lorsque tous les gens qui n'écoutent pas assez et qui applaudissent beaucoup trop seront à prendre le frais sur la terrasse.

— Aussitôt que vous le voudrez, mademoiselle.

Et les deux jeunes gens se séparèrent bien émus intérieu-
rement d'une scène qu'ils avaient peut-être vaguement désirée, mais qu'ils n'avaient jamais prévue, et emportant au
fond d'eux-mêmes, avec une source féconde d'émotions intimes, une grande et indéfinissable avidité de nouvelles
sensations.

— Docteur! dit madame de Savigny, en se rasseyant, et
comme si elle réfléchissait à quelque chose qui la préoccupait
pour la première fois : Docteur, que pensez-vous de ces deux
enfants-là?

— Eh! eh! répliqua M. Cuveilhier; je pense qu'ils sont en
ce moment beaucoup plus près de TOI que de VOUS.

Et il rit beaucoup de cette saillie, qui était en effet ce qu'il
avait dit depuis longtemps de plus clair et de plus spirituel.

Madame de Savigny affecta de ne pas comprendre. Mais
j'ai ouï dire dans le Berry qu'il s'écoula bien peu de temps
avant qu'elle eût eu mainte occasion de voir confirmer par
l'évidence la prophétie voilée que le Docteur, assez peu pro-
phète de sa nature, n'avait pu s'empêcher de laisser échapper
ce jour-là. Heureusement la plupart des mères ont en elles-
mêmes des trésors d'indulgence; et, si les chansons finissent
ici-bas tant de graves et sérieuses choses, je ne vois pas

pourquoi les romances , leurs sœurs , ne serviraient pas a en commeiicer quelques-unes.

11.

LA CHAIRE DE SAINT-SAMSON.

I.

O mer, ô triste mer ! n'as-tu donc pas assez
Enfoui de trésors sous ton onde entassés ,
    Dévoré de pâles victimes ?
Que te faut-il encor ? Que demandent tes cris ?
Faut-il que dans ton sein roulent plus de débris
    Que de vagues sur tes abîmes !

Joseph AUTRAN.

Par une sombre soirée du mois de mars 1817 , Yves
Trémadeur traversait à cheval la principale rue de Dol.
Comme le froid était vif, et qu'une pluie fine tombait par
intervalles, Yves s'était enveloppé de son manteau , et rabat-
tant son large chapeau sur ses yeux ; il semblait ne remarquer en passant ni les jeunes femmes qui se rendaient à la
prière du soir , ni les oisifs qui causaient tranquillement,
abrités par les galeries basses et obscures sur lesquelles sont
assises la plupart des maisons de la ville. Arrivée à l'angle

de la petite place que domine le calvaire, la jument bretonne, au lieu de descendre à la grande route de Dinan, monta par instinct et comme par habitude du côté de l'esplanade de l'église, et se dirigea doucement vers le chemin qui conduit à la mer.

Yves Trémadeur restait calme et immobile sur la selle : pourtant ceux qui eussent pu voir sa figure à travers la double enceinte de son feutre et de son manteau de voyage, auraient remarqué sur ses traits mâles l'empreinte d'une rêverie profonde. Souvent il semblait se parler à lui-même, et un sourire effleurait ses lèvres ; parfois aussi une légère agitation se manifestait, et un geste brusque, un mouvement convulsif, imprimaient à son cheval une allure plus rapide : enfin, lorsque les dernières maisons du faubourg eurent disparu dans le brouillard, deux coups d'éperon vivement appliqués activèrent sa course, et lui firent prendre le galop. On eût dit que le jeune breton se réjouissait d'avoir échappé enfin aux regards curieux qui pouvaient épier son départ, et respirait à l'aise au milieu de la liberté et de la solitude des champs.

C'est qu'il y avait pour lui autre chose qu'une promenade et qu'une course à cheval dans ce voyage nocturne. Yves aimait, Yves avait su éveiller au cœur d'une jeune fille cette douce sympathie qui répondait à tous les penchants de son âme ; et il cherchait souvent à se soustraire aux bruits et aux fades causeries de la ville pour aller passer, au fond de la campagne qu'habitait Anne Daoulec, quelques moments de pure joie et d'intimes épanchements.

Ce soir-là, un autre motif le guidait encore : les obstacles que les deux familles avaient d'abord opposés à l'union de leurs enfants, étaient en grande partie levés, et Yves allait proposer aux parents de sa fiancée l'exécution de quelques formalités peu importantes qui ne devaient pas retarder long-temps la réalisation du contrat. Parvenu à ce moment su-prème où il allait voir enfin combler les vœux et les aspira-tions de toute sa jeunesse, Yves ne pouvait se défendre d'un trouble involontaire : il hésitait instinctivement à se confier sans partage au charme de ses rêves ; une crainte confuse, une poignante indécision le tenaient en suspens.

Il y a ainsi toujours au fond de l'âme humaine un ver qui ronge la meilleure substance ; un doute glacé et fatal qui s'at-tache aux croyances les plus vives ; une défiance de l'avenir qui semble destinée à disposer l'homme pour le malheur.

Au milieu de ces aspirations vagues et irréfléchies, le pas de la jument bretonne s'était ralenti peu à peu ; et un nouveau coup d'éperon allait la tirer de sa somnolence, lorsque, prêtant attentivement l'oreille au sein de la nuit, Yves crut distinguer un tumulte étrange qui venait de la baie, et qui allait mourir dans le lointain. C'étaient des bruits de flots et des cris de femmes ; c'étaient les sifflements de la tempête, mêlés au retentissement étouffé de toitures qui tombent et de constructions qui s'écroulent : et tout ce bruit et tout ce tumulte marchaient et roulaient dans les ténèbres, gagnant de proche en proche, comme s'ils eussent dû envahir et envelopper toute la contrée.

Yves hâta le pas : sa figure avait pâli aux lugubres clartés de la lune ; l'ouragan qui s'élevait faisait voler ses cheveux sur ses tempes, et une terreur indéfinissable s'était emparée de tout son être. Quand il fut à peu de distance du *Vivier*, il vit distinctement des hommes et des femmes courant et haletant sur la route et dans les prairies, avec des torches à la main et des fardeaux sur les épaules ; enfin il s'aperçut que les pieds de son cheval frappaient dans l'eau, et qu'une vaste nappe blanche, toujours gonflée et toujours menaçante, avait passé par-dessus les digues, et s'étendait au loin sur le sol dévasté.

Epouvanté par ce spectacle, le jeune homme pousse son cheval en avant. Il franchit les talus et les murs d'appui ; il court, il vole, et rencontre partout la désolation et le désordre, partout la terre qui lui échappe et la mer qui monte. Enfin il arrive au bourg; il heurte les pierres des seuils, jonchés de corps mous et renversés, qu'il prend pour des cadavres. Malgré l'obscurité et le trouble affreux qui s'est emparé de lui, il se dirige avec une lucidité merveilleuse vers la maison connue qu'habite sa fiancée. Il s'arrête là où il s'arrêtait toujours; et la lune, qui vient à percer en ce moment un groupe de nuages livides, lui montre une horrible confusion de murailles éboulées, de barrières et de meubles flottants, de vêtements épars sur les touffes de haies vives que le niveau n'a pas encore atteintes, et l'océan qui vient encore, qui vient toujours, entraînant lambeau à lambeau ce qui lui restait à dévorer.

Le cheval lui-même, poussé par un courant rapide, se trouva brusquement refoulé avec son cavalier loin de l'habitation en ruines; et, un quart d'heure après, l'animal effaré courait ventre à terre sur la route de Dol, le poil humide et hérissé, l'œil en feu, la bouche pleine d'écume; et, cramponnée à sa crinière, une créature échevelée et sanglante, tantôt se dressait frénétiquement sur la croupe, tantôt se laissait traîner à terre, la tête pendante et les pieds en l'air, avec des cris sourds qui ressemblaient à un râle, et qu'entrecoupait par instants un rire sec et convulsif.

L'être que la jument bretonne emportait ainsi à travers les ténèbres et l'ouragan, ce n'était plus un homme : — c'était un fou !

II.

Pour avoir tant souffert, il fallait bien aimer !
Emile SOUVESTRE.

A la fin de cette nuit désastreuse, et un peu avant l'aurore, la clarté funèbre d'une lampe suspendue à la voûte du chœur, éclairait seule les arceaux granitiques de la cathédrale de Dol. Une vieille femme priait sous cette lampe, et elle interrompait souvent sa prière, pour jeter un regard inquiet vers une niche grillée placée à sa gauche, et sur laquelle se projetait l'ombre de l'un des piliers massifs qui l'entouraient.

— Il dort, le pauvre gars, grommela la bonne femme. Et, satisfaite de cette observation rassurante, elle allait peut-être se mettre elle-même à sommeiller sur son banc, lorsqu'elle sentit une petite main, froide et humide, se poser sur sa main ridée. La vieille tressaillit, et, en se retournant, elle vit à sa droite une jeune fille, aux traits égarés et à la chevelure en désordre, qui était tombée à genoux auprès d'elle, et dont les pieds et les bras nus cherchaient à se cacher sous les plis d'un manteau d'homme.

— Qu'avez-vous, mon enfant? lui dit avec bonté la vieille gardienne. Votre main est bien froide, ma petite ! D'où venez-vous à cette heure, et que voulez-vous? Parlez; n'ayez pas peur d'une pauvre veuve qui ne sait qu'aimer ses maîtres et prier Dieu.

Mais la malheureuse semblait ne plus rien comprendre. Elle prenait la main de la vieille et, la pressant énergiquement dans la sienne, elle semblait lui indiquer du regard et du geste le vêtement bizarre qui la couvrait. Enfin elle trouva quelques paroles, autant qu'il lui en fallait pour mendier une réponse.

— Ce manteau, disait-elle à voix basse; ce manteau que j'ai ramassé sur la route..... Où est celui qui le portait? Madame, de grace, où est-il?

La vieille examina attentivement ce que lui montrait la jeune fille; puis, son œil ayant rencontré l'agrafe d'argent qui l'attachait, elle s'écria avec une expression de surprise:

— Dieu me pardonne! c'est le mantelet de notre pauvre Yvon !

— Yvon, dites-vous? Quel est cet Yvon dont vous parlez, madame?

— Oh ! c'est un malheureux enfant, l'enfant chéri de mes maîtres, mon nourrisson à moi, que la mauvaise fée est venue tourmenter cette nuit, et qui a dû bien souffrir, le pauvre petiot, car il en est devenu comme fou.

— Et où est-il? où est Yves Trémadeur? demanda avec anxiété la jeune fille.

— Oh ! vous savez donc aussi son nom, vous, mam'selle?

Et la bonne nourrice recula avec une sorte de peur, parce qu'elle avait cru un instant être en présence de cette fée maligne qu'elle accusait si amèrement de la démence de son Yvon. Mais l'attitude suppliante de son interlocutrice et les mille perplexités qui se peignaient en cet instant sur sa physionomie, la rassurèrent à demi.

— Eh bien ! oui, c'est lui, reprit-elle ; c'est Yves Trémadeur, Yves Trémadeur qui n'est pas loin d'ici ; car le prêtre qu'on lui a amené tantôt l'a fait porter dans l'église ; et, s'il plaît à notre saint patron, Dieu permettra qu'après *Matines* ce bon jeune homme ait retrouvé toute sa santé.

Aussitôt qu'elle avait su que son fiancé était sous le même toit qu'elle, Anne s'était élancée, sans écouter les dernières paroles de la vieille femme ; et, guidée par son admirable instinct d'amante, elle avait couru droit au réduit mystérieux dans lequel Yves était renfermé. Là, elle put distinguer, à travers les barreaux de bois , un homme étendu sur le sol et comme brisé par une fatigue excessive : ses bras et ses jambes cédaient de temps en temps à de vives commotions nerveuses , et des sanglots aigus s'échappaient de sa poitrine oppressée. A côté de lui était une chaise vide.

Anne s'agenouilla sur les dalles , en proie à un muet désespoir. C'était la première fois qu'elle se recueillait depuis bien des heures ; c'était la première fois aussi qu'elle entrevoyait toute l'étendue de son malheur. Seule , elle avait survécu au désastre de sa famille ; elle se trouvait sans asile , sans ressource ; et c'était au moment où l'orpheline venait se réfugier dans les bras de son fiancé , qu'elle le voyait , lui aussi , victime , et victime volontaire du fléau qu'il avait bravé pour la voir et pour la secourir. Dès le moment où ses pieds avaient heurté sur le chemin le manteau d'Yves , elle avait prévu un malheur immense , et la réalité qui s'offrait à elle en ce moment n'était guère au-dessous de ses craintes. Que l'homme ait perdu la raison ou la vie , qu'importe , puisque , dans l'un et l'autre cas , il ne vivra plus pour la pensée et pour l'amour !

Dès qu'une lueur de l'aurore eut traversé les vitraux peints de la cathédrale , Anne se leva doucement , et contempla en silence son fiancé. Le sommeil d'Yves paraissait durer encore, car ses yeux étaient fermés et sa tête penchée sur sa poitrine. Cependant, quelques mots assez suivis s'échappaient lentement de sa bouche.

— Sauvez-la, murmurait-il, sauvez votre fille : voilà la mer qui monte, monte, monte! (La voix allait grossissant.) L'eau va la gagner; prenez garde! L'eau l'emporte.... Anne! Anne! Elle va périr!... Oh! rendez-la à sa mère!.. Rendez-la moi!...

La jeune fille avait passé sa main à travers la grille noire.

— Yves! dit-elle bien bas, et comme si elle eût craint de le réveiller; Yves, Anne n'est pas morte : elle est sauvée, ta fiancée, ta femme; Yves, elle est là, regarde....

L'insensé, obéissant à une force inconnue, ouvrit de grands yeux, blancs et limpides. Sa main s'étendit vers celle de la jeune fille, qui l'abandonna à son étreinte.

Et, quand il se fut bien assuré que c'était elle, il se leva droit comme un fantôme; puis, laissant échapper la main tremblante qu'il avait d'abord saisie, il porta la sienne à son cœur, glissa mollement sur le siège de bois de chêne, mit son front dans ses mains, et pleura longtemps.

Lorsque les prêtres vinrent chanter *Matines*, et que le jeune homme leva la tête pour voir ce qui se faisait dans l'église, son regard rencontra de nouveau le regard humide de sa bien-aimée. Il sourit, et pleura encore. — Il était sauvé.

Ce jour-là et les jours suivants, lorsque la curiosité publique se fut satisfaite relativement à la terrible inondation du Vivier, il ne fut bruit, dans la ville de Dol et dans les environs, que d'un nouveau miracle obtenu par l'intercession de saint Samson, et à l'aide de sa vieille chaire de chêne. Aussi continue-t-on, avec autant de confiance que par le passé, à faire asseoir toute une nuit dans cette chaire merveilleuse les aliénés dont on veut obtenir la guérison. Et le lendemain, lorsque les premiers hymnes du matin ont retenti sous les hautes voûtes de la cathédrale et frappé les oreilles du pauvre reclus, on est sûr que la raison et la santé lui seront revenues, et que le premier archevêque de Dol aura donné aux derniers descendants de ses ouailles un nouveau gage de son affection constante pour la terre et de son crédit dans le ciel.

12.

LES CAVES A MARGOT[*].

---

[*] Ces caves curieuses sont situées dans le département de la Mayenne, sur les bords de la rivière d'Erve.

Non loin de Thorigné, le long d'une rivière,
On voit, sur le coteau, des assises de pierre,
Bases d'une *cité* qu'habitaient les Romains ;
Puis des rochers géants, couronnés d'arbres nains ;
Et, dans leurs flancs ouverts, des cavernes maudites,
Où brillent en pleurant de blanches stalactites,
Groupes capricieux, débris amoncelés,
Que la science admire, et qu'elle a mutilés,

Mais où le peuple, ami des choses merveilleuses,
A su trouver sa part de croyances rêveuses.

Margot, la pâle fée, au long vêtement noir,
Au fond de ce palais exerce son pouvoir :
Margot, dernier enfant de la cité païenne,
Hait le Christ et sa loi d'une immortelle haine ;
Et, quand un voyageur, curieux et surpris,
S'aventure en tremblant sous ses sombres abris,
Elle ébranle sa foi par de vaines promesses,
Lui montre des caveaux encombrés de richesses,
Prête à lui donner tout, et palais, et trésors,
S'il consent à damner son âme avec son corps ;
A ne plus prier Dieu dans la chrétienne enceinte ;
A ne plus humecter ses mains avec l'eau sainte ;
A ne faire jamais le signe de la croix,
Et si, sacrifiant au culte d'autrefois,
Il apporte au démon, en qui seul il doit croire,
L'offrande d'un blasphème et d'une poule noire.

Naguère un bûcheron, par un instinct fatal,
Vint, pèlerin impie, aux grottes de Baal.

Le pauvre homme n'avait qu'un lourd bâton d'érable,
Sa besace, et la poule, oiseau chéri du diable :
Il alluma sa lampe au feu d'un laboureur,
Puis il franchit le seuil, ardent, mais plein d'horreur.
Longtemps il se traîna sous les voûtes humides,
De la tête et des reins heurtant les pyramides,
Mêlant aux eaux du roc la sueur de son front,
Croyant partout entendre accentuer son nom :
Et, lorsqu'il arriva, frémissant d'épouvante,
Au bord d'un précipice où dort une eau stagnante,
On ne sait s'il tomba, si la lampe mourut,
Si son cœur se brisa, si la fée apparut :
Mais rien ne troubla plus la paix de ces ténèbres,
Et quand bientôt, cédant à des craintes funèbres,
Le laboureur voisin s'y rendit à son tour,
Appelant le maudit dans l'antre obscur et sourd,
Il vit sur le rocher des dépouilles sanglantes,
Les traces d'une lutte aux parois scintillantes,
Et, près d'une eau fangeuse, au fond du grand ravin,
Un cadavre, et sa lampe éteinte dans sa main.

Ceci peut enseigner aux hommes, que la vie
Par qui toute richesse est toujours poursuivie,

Qui marche dans la boue, à fin de l'obtenir,
Reniant Dieu, la foi, la vertu, l'avenir ;
Cette vie aura beau, sans frémir et sans craindre,
Ramper jusqu'à son but, le chercher et l'atteindre,
Autour de son néant accumuler son or,
Au fond sera l'abîme, au fond sera la mort.

13.

L'AGONIE.

Pour vivre en paix vous ai–je, en vain,
Donné des femmes et du vin.
BÉRANGER.

I.

LA MANSARDE.

Il y avait plusieurs heures que j'errais, sans trop savoir pourquoi, dans les rues et sur les places de Poitiers, la vieille cité des monastères et des conciles, m'abandonnant à ces rêveries qui nous surprennent parfois le soir, et ne nous quittent qu'après avoir été vaincues par une double fatigue d'esprit et de corps, lorsque, en passant dans une rue assez obscure, j'entendis tout-à-coup partir de dessous les toits, de bruyants éclats mêlés à des refrains bachiques, que prolongeaient à l'infini plusieurs voix d'hommes mêlées à quelques voix de jeunes femmes. Je me rappelai aussitôt qu'un de mes amis de l'école de droit donnait, ce soir-là même, un punch à ses meilleurs camarades, et, comme il y avait entre nous deux une liaison de dix années, je crus pouvoir me permettre une ascension spontanée jusqu'à la mansarde de l'étudiant.

Pendant que je montais avec précaution les quatre étages qui me séparaient de lui, le vieux refrain, chanté en chœur, descendait gaiement jusqu'à moi, et semblait m'inviter à franchir légèrement la distance : mais je marchais lentement, et les sérieuses réflexions qui m'avaient préoccupé, changeant d'objet sans rien perdre de leur gravité un peu mélancolique, s'adressèrent naturellement aux choses que je venais d'entendre et à celles que j'allais bientôt voir.

Il y a de par le monde un grand poète, un penseur profond, que tous appellent le poète populaire, et qui doit cette popularité précisément à ce qu'il y a en lui de moins profond et de moins grand. Ses haines politiques et ses fugitives amours de la mansarde et de l'atelier, voilà ce qu'il a d'abord montré à la foule, et voilà ce que la foule accepte encore comme son inspiration la plus riche, la plus vivace, comme l'expression la plus vraie de son génie et de son âme. Et il y a, ce nous semble, dans ce jugement incomplet et dans cette

admiration empressee , une immense et déplorable injustice.
Emprisonner le nom de notre chansonnier philosophe entre ses
boutades libérales et ses refrains à Lisette , c'est le faire bien
petit, bien étouffé ; c'est imiter, sans le vouloir , ces langues
envieuses qui, condamnées à vanter ce qu'elles n'aiment
pas , prodiguent habituellement leurs éloges, aux résultats
manqués et aux côtés faibles , pour laisser dans l'ombre ce
qu'elles savent approcher le plus de la perfection possible.
Et cet engouement général , qui flattait ses tendances les
moins dignes et les moins pures , a sans doute induit le
poète , en dépit de sa puissance d'action sur lui-même , à
suivre, plus loin qu'il n'aurait voulu , la voie vers laquelle
on l'entraînait en caressant sa fantaisie : de sorte qu'il a
fallu toute une révolution opérée au dehors et au dedans de
lui , pour lui faire retrouver son indépendance d'imagination
et de pensée , pour amener sa plume à ne plus se consacrer
qu'à des œuvres saintes et durables , à un noble prosélytisme
de moralisation et de progrès.

Que l'on examine sérieusement l'allure des anciennes
chansons de Béranger ; qu'on la compare à celle de ses productions les plus récentes , et l'on verra , entre celles-ci et
les autres , un intervalle immense , une transformation complète , toute au profit de ses dernières inspirations. Le dou-

teur s'est fait croyant ; le chansonnier est devenu apôtre ;
Lisette et le *Dieu des bonnes gens* ont fait place aux génies
consolateurs de la femme et de l'humanité. Béranger n'était
autrefois qu'un passereau qui voltige ou un torrent qui roule :
c'est maintenant un aigle qui plane dans le ciel et une mer
qui dort sur les sables : et pourtant, le torrent fougueux
faisait plus de bruit que la mer tranquille ; et pourtant, le
chant de caprice ou de haine était plus goûté et mieux compris que ne le sera de longtemps l'hymne de pacification, de
sympathie et d'avenir.

C'était, en effet, une chanson de Béranger qui égayait
mes jeunes convives ; et troublait, par leur entremise, le
sommeil de leurs voisins et de leurs hôtes. Pauvre Béranger !
tu es, sans le savoir, le complice , l'instigateur même d'un
nombre infini de joyeuses conspirations et d'innocents désordres : il y a telle de tes chansons de coin du feu qui est
devenue la Marseillaise bouffonne des étudiants et des gri-
settes ; le cri d'insurrection contre les portiers , les grand'
mamans et les commissaires !

Je trouvai le cercle de jeunes gens tout riant et tout épa-
noui : on me reçut à bras ouverts ; et, pour répondre, autant
qu'il était en moi, à ce cordial accueil , je me hâtai de con-
signer, dans leur cachette la plus reculée , mes songes creux

et mes préoccupations de vieillard. Il est nécessaire d'avoir, dans la pratique de la vie, un certain éclectisme qui nous rende faciles et familières toutes les conditions d'existence, un esprit de conciliation, de tolérance, d'universalité, à la faveur duquel nous soyons, sans trop nous gêner, aimables et utiles à tous.

— Votre chanson de tout-à-l'heure n'était pas finie, dis-je en commençant ; achevons-là ensemble, je vous prie : vous allez voir que ma basse-taille ne vous sera pas d'un faible secours. »

Nous chantâmes donc, et malgré ma bonne volonté et mon désir d'abnégation, je revenais de temps en temps à mes scrupules de moraliste, et j'accusais, entr'autres choses, le poète chansonnier d'une grande faute, celle de nous avoir habitués à considérer la femme comme un instrument et comme un jouet, et d'avoir varié à l'infini ce vieux thème du jeu, du vin et des belles, qui met ainsi sur la même ligne et classe au nombre des moyens de délassement et de débauche, la matière brute et la matière vivante ; le vin, par exemple, cette triste superfluité des tables-d'hôte altérées, et la femme, cette création que le vieux monde plaçait entre l'homme et l'ange ; la femme, qu'il conseille ainsi d'exploiter à son aise, et de briser, aussitôt qu'elle ne peut plus ou ne veut plus obéir.

Il fallait les voir, mes jeunes amis de la mansarde, traduire à l'usage de leurs Lisettes les leçons du chansonnier popu-laire, et contraindre ainsi à favoriser leur dépravation fort peu poétique, cette Muse loyale et dévouée, dont ils ne vou-laient comprendre que les plus douteuses vertus. Félix Révol, l'amphytrion, malgré son merveilleux talent pour donner l'exemple des expansions joyeuses et folles, semblait plus réservé et plus sévère. La jeune fille à laquelle il s'adressait de préférence, ne laissait pas que de lui inspirer quelque respect, et grace à cet ascendant assez rare, elle exerçait à son tour sur les étrangers qui l'entouraient et la connaissaient à peine, une influence tacite, derrière laquelle elle aurait pu au besoin se mettre à l'abri.

« Félix, dis-je au jeune homme en le prenant à part, depuis quand as-tu déterré ce trésor?

— Un trésor! oh! tu as raison, mon ami; ne te moque pas, je te prie, de ma passion nouvelle : Louise a plus de bonnes qualités que toutes ces femmes ensemble; et il y a dans ce que l'on appelle le monde comme il faut, bien des grandes dames qui ne la valent pas.

— Loin de te contredire en rien, mon cher Félix, je suis prêt à t'accorder tout ce qu'il te plaira sur le mérite de cette jeune fille : mais, en vérité, pour peu que tu y tiennes, tu

devrais la garder pour toi, et ne pas l'exposer au contact de
tous ces gros plaisants dont tu t'environnes : pour moi, je te
l'avoue, j'aime les femmes comme j'aime les étoiles : tout
seul, je les admire et je les adore ; mais qu'un importun
vienne me frapper sur l'épaule, et se mette en devoir de les
regarder avec moi, cherchant et demandant à ses voisins de
droite et de gauche la crinière du *Lion*, ou l'œil du *Taureau*,
ou la quatrième roue de la *Grande-Ourse*, ma fraîche rêverie
se dissipe, ma contemplation éthérée retombe d'elle-même,
et il n'y a plus pour moi que prosaïsme et dégoût sur la terre
comme au ciel.

— Tu as raison, mon ami, et j'étais déjà, ce soir même,
agité de la même pensée. Désormais, je garderai Louise
pour moi ; je la surveillerai, je la façonnerai, comme un la-
pidaire taille la pierre brillante qu'il a ramassée dans la boue.

— Surtout, prends bien garde de l'y laisser retomber,
ajoutai-je : pour commencer à réaliser ton plan de réforme,
je m'en vais, si tu veux, emmener avec moi toute cette
joyeuse bande. Il y a, dans les réunions comme celle de ce
soir, un instant fatal à distinguer et à saisir : c'est celui où
l'ennui va poindre et où le plaisir commence à se cacher derrière l'horizon. A vrai dire, je me persuade qu'en ce moment
le crépuscule est proche.

« — Tu as toujours raison , répondit Révol. »

Et sur ma proposition , qui ne rencontra pas d'opposants, on se sépara après force souhaits de bonne nuit, et serrements de mains.

« Cet honnête Félix , me dis-je en rentrant chez moi, s'aveugle aujourd'hui comme il s'est aveuglé hier , comme il s'aveuglera jusqu'à la fin ; il prend ses fantaisies du moment pour des résolutions éternelles ; il croit naïvement à l'avenir de ses affections et de ses projets d'existence ; et ses rêves de la nuit le berceront peut-être d'illusions tout-à-fait étrangères à ses plaisirs du jour ; et rien ne prouve que, dans quelques heures , il ne se réveillera pas , préoccupé du souvenir d'une femme autre que celle qui lui a dit ce soir, en le quittant, avec sa petite voix douce et un peu tremblante : « Adieu , Félix , à demain ! »

II.

CE QU'IL Y A AU FOND DES COEURS.

Rien n'est plus triste que ces grands salons , aux immenses murailles peintes et aux poutres ornées de sculptures et d'arabesques , comme les aimaient tant la vieille noblesse et la vieille magistrature. Et supposez que ces salles démesurément spacieuses soient peuplées d'une centaine d'individualités uniformes de mise et de maintien , la tristesse qui régnait au sein de la solitude s'augmentera encore de tout ce qu'il y a d'élégiaque et de fatal dans ce chaos sans nom que René appelle , si expressivement , un vaste désert d'hommes.

Pour mon compte , je m'ennuyais singulièrement un certain soir, dans une des plus riches maisons de La Rochelle , au milieu d'un *rout* départemental , où l'on m'avait impitoyablement jeté : encore peu habitué aux usages et aux allures du monde , ce remuement et ce caquetage de salon me venaient gronder aux oreilles , comme les bruits confus et mourants d'une ville écoutés du haut de la montagne prochaine , ou comme la plainte indécise d'une mer déchirée par les vents et les rochers du rivage. Je n'osais marcher sur ce flot ; je n'osais me hasarder dans cette foule , et , en attendant que je me fusse aguerri , je m'adossai , seul et rêveur, à un lambris un peu reculé , que les lustres et les candélabres de bronze n'éclairaient que faiblement.

Alors une nouvelle hallucination s'empara de moi.

Il y a une idée étrange et lugubre qui ne nous vient qu'à l'occasion de quelque fait particulier , et qui , cependant , peut se généraliser à l'infini. Dans les rues, dans les salons, dans les réunions publiques, vous voyez passer et repasser devant vous une foule qui vous est indifférente, parce qu'elle vous est inconnue ; une foule à laquelle vous vous habituez comme à une abstraction ; que vous considérez comme un courant de flots et de molécules perpétuellement identiques, comme quelque chose de nécessaire et d'éternel. Chacun des êtres qui composent cette foule n'est rien ou à peu près rien pour vous : des inégalités d'âge et de costume, de démarche et de physionomie, voilà tout au plus ce qui frappe vos regards ; le vêtement vous indique à peu près les professions et les conditions d'existence ; les traits du visage vous donnent quelques présomptions vagues sur les penchants et les habitudes ; hormis ces nuances peu profondes, toute personnalité est pour vous voilée et muette ; toute connaissance, et par conséquent toute sollicitude au sujet des individus, vous sont et vous seront longtemps étrangères.

L'immobilité de certaines physionomies que l'on rencontre souvent, et qui se gravent dans la mémoire à leur place et selon leur type invariable ; l'expression toujours chagrine ou toujours souriante de ces figures vues mille fois et jamais connues, nous habituent de plus en plus à cette irréflexion et à cette banalité superficielle du regard ; en sorte qu'il se fait dans notre esprit une confusion de personnes qui s'étend jusqu'aux choses, et qu'il y a pour nous peu de différence entre la marchande assise à son comptoir et les objets qu'elle étale devant sa porte ; entre les voitures qui se heurtent et les passants qui se coudoient.

Si l'on est étourdi et presque effrayé de cette marche continue et rapide qui ne nous offre que des énigmes à voir et à entendre, ne se sent-on pas encore plus de découragement dans l'âme, quand on fait brusquement descendre son regard intellectuel au fond de ces poitrines oppressées et haletantes, et qu'on n'y découvre rien de connu, rien de commun, rien de sympathique? On dirait, à voir tous ces mystères qui passent, autant de races et de sociétés, fondues et condensées chacune en une personne distincte, qui ne sauraient pas seulement se demander leur route l'une à l'autre, et qui se choquent entre les murailles des rues comme des glaçons entre les quais massifs de la rivière qui les charrie.

Il arrive à l'homme qui veut sortir à tout prix du doute absolu, et qui vient demander compte de son ignorance à l'observation et à la pensée, ce qu'éprouve l'artiste dont l'œil embrasse d'abord l'objet que ses crayons doivent reproduire. Lorsqu'en effet un homme, tant soit peu amoureux de l'art, parcourt les vieilles villes (et pour le bonheur de cet art si outragé de nos jours, nous ne rencontrons guère de villes qui n'aient quelques siècles de plus que nous), il s'étonne parfois de se trouver, sans s'y être attendu, en face de quelque antique et curieux débris, de quelque corniche habilement découpée, de quelque muraille chargée de sculptures expres: sives : il se demande alors avec surprise, comment il a pu passer tant de fois devant ce monument d'un autre âge, sans en avoir remarqué les beautés, ou au moins, les singularités architecturales ; et dans ce moment de révélation imprévue ét de nouvelle connaissance, on sent que l'on vient de découvrir une chose que l'on n'avait jamais soupçonnée, un caractère original et tranché, qui prend sa place dans le raisonnement et dans le souvenir.

L'observateur qui s'arrête ainsi en face de la foule pose son pliant et attache sa lorgnette à un point fixe, individualise sur-le-champ les masses d'objets qui se présentaient à ses yeux : il les classe, les distingue, les sépare, et retranchant ce qui lui paraît insignifiant ou peu digne d'attention, il adopte un sujet de méditations et d'études qu'il creuse le plus qu'il peut, et qu'il ne quittera qu'après en avoir deviné le caractère propre et la pensée dominante.

C'est alors que le regard s'appuie sur des natures qu'il n'avait jamais soupçonnées, pénètre des profondeurs tout-à-fait inconnues ; et parvient à expliquer, au moyen des traits saillants qu'il découvre , les types individuels qui n'étaient encore pour nous que des mystères.

J'eus peur aussi d'abord de la foule variée qui se pressait sous mes yeux : je désespérais de pouvoir jamais la comprendre ; je me serais volontiers voilé la face , pour échapper à l'incertitude infinie que tout ce spectacle laissait en moi. Et puis , l'éblouissement cessa peu à peu ; j'observai , je classai à part moi ce qui se présentait à ma vue : je fis un lot des niais et des fats ; un lot des coquettes sans peur et des timides sans amour ; un lot encore des avocats et des hommes politiques , race qui pourrait beaucoup, si elle voulait moins pour elle et plus pour les autres ; race aux vêtements noirs et aux traits effacés et pâles , dont on a bien tort d'interroger laborieusement les physionomies , parce qu'elles cachent, ordinairement peu de portée et de profondeur. Puis , au bout de tout cela , et quand les sujets d'observation furent épuisés, je me trouvai hardi et tout-à-fait à mon aise : je savais à quoi se réduisait la science du monde ; je savais ce que pèserait , dans le creux de la main , la plus brillante de ces réunions , dont on n'aurait gardé que la sensibilité et la pensée.

Dès ce moment, je marchai et me promenai dans les salons et autour des tables , avec l'aplomb d'un habitué de vieille date ; aucun regard ne m'eût intimidé ; aucune de ces paroles nettes et assurées , comme en savent les gens du monde , ne m'eût fait chercher ou balbutier ma réponse : j'eusse pu., ainsi cuirassé , me conquérir en quinze jours une réputation de fatuité transcendante et de dandysme habile ; — mais je n'étais pas ambitieux.

Il me prit même un remords d'avoir jugé trop précipitamment et à première vue , les hommes et les femmes qui m'entouraient , surtout les femmes , sur lesquelles le mouvement continu qui se faisait à l'entour avait empêché mon regard de se poser assez longtemps.

Obéissant à ce mouvement de modestie philosophique, j'avisai , dans un angle du salon , quelques têtes assez naturellement groupées , et qui ne semblaient pas trop inquiètes de donner une inclinaison favorable à leur coiffure , ou de maintenir sur leurs lèvres cet éternel sourire , commandé quelquefois par les maris et par les mères ; ce sourire dont se voilent les femmes d'aujourd'hui , comme les femmes des anciens jours se voilaient de cilices et de cendres , sans laisser deviner aux yeux les plus habiles s'il cache de grandes vanités ou de grandes douleurs.

Une physionomie surtout simple et pourtant fine et déliée, mais ne laissant apparaître aucun signe perceptible d'inquié-

tude ou d'émotion, m'attira et m'intéressa au dernier point.
C'était une jeune femme vêtue de blanc, comme une fiancée :
elle était si modeste et si calme, si souriante et si belle, si
muette et si patiente, au milieu des bruits, des rires, et des
pas précipités de la foule, qu'on l'eût prise pour un emblême
vivant de l'égalité d'âme et de la douceur.

Je m'approchais d'elle, dans l'intention de l'étudier de
plus près, lorsque la porte du salon s'ouvrit.

« M. Félix Révol ! » dit un valet, en s'effaçant le long du
mur pour laisser passer le nouveau venu.

J'avais encore les yeux fixés sur la jeune fille, quand le
nom de Révol retentit, en sorte que je pus voir l'enfant tressaillir à ce nom, et ses traits s'animer d'une façon singulière.
Tout ce qu'ils avaient pu offrir jusque là de vague et d'indé-
terminé, avait fait place à une expression énergique et
rapide, expression mêlée de joie et de crainte, de contentement et d'angoisse. C'était toute une transfiguration.

« Je ne te savais pas à La Rochelle, dis-je à Révol, aussitôt
que je pus l'atteindre : quel motif a donc pu te faire quitter
Poitiers aussi brusquement ?

— Un mariage ! mon cher philosophe, un mariage qui te
fera rire, car il réalise tous les rêves de ce Messianisme que
tu me prêchais ; car il met d'accord le culte et la raison, la

passion et l'intérêt, le doute positif et la foi enthousiaste. Je fais en un mot, mon ami, un beau rêve et une bonne spéculation.

— Je gage, dis-je, en interrompant, sans trop y songer, ce flux de gracieuses paroles, je gage que ta fiancée est cette jeune blonde vêtue de blanc, qui, dans ce moment même, a les yeux sur nous.

— Bien deviné !

— Je t'en fais mon compliment sincère. Son nom ?

— Louise de Morat.

— Louise ! c'était le nom de la petite brune de Poitiers.... Et, à propos, qu'est-elle devenue, celle-là ?

— Louise Brindeau ?... Ma foi ! je n'en sais trop rien ; il y a au moins dix-huit mois que je ne l'ai vue... Mais, pardon, j'ai ici beaucoup de devoirs à remplir. »

Félix s'éloigna : ma question, indiscrète peut-être, l'avait embarrassé ; je vis bien qu'il mentait, et que sa rupture avec Louise, si elle avait eu lieu, ne datait pas de si loin. Mais Félix était de ceux qui sont toujours gênés et perplexes au milieu des transactions de tout genre qu'ils font journellement avec leur conscience. D'ailleurs, il est trop naturel que l'amour d'une fille du peuple soit bien peu de chose dans la balance, lorsqu'il se trouve en concours avec toute cette horde de froids calculs et de mauvaises passions se disputant le cœur de l'homme du monde. C'est alors surtout que la matière exploitable est dédaignée, oubliée, sacrifiée, et que se révèle, encore honteuse d'elle-même, la nudité de notre égoïsme sans frein et sans loi.

III.

LA LETTRE.

Révol et sa femme formaient, depuis deux ans, l'un des plus heureux ménages que l'on eût vu de longtemps dans les trois provinces de l'Anjou, du Poitou et de la Saintonge : la jeune mariée avait une nature si bonne et si angélique ; elle se pliait avec tant de grace à toutes les volontés de son mari, à toutes les irrégularités de son caractère et de sa conduite ; elle se montrait si résignée aux âpretés, et même aux injustices de cet homme, si satisfaite des moindres signes d'affection qu'il lui donnait comme par hasard, qu'elle avait su, sans qu'il lui en coûtât, à lui, le plus léger effort, sans qu'il dépensât la plus faible partie de son attention et de sa tendresse, lui arranger peu à peu une vie reposée et con-

fiante, une habitude de paix et d'ordre comme on en rêve
au sein des calmes extases du paradis. Grace à cet oubli
d'elle-même et à toutes ces humbles vertus conjugales qu'elle
pratiquait d'instinct, elle avait fini par attribuer à Révol,
les bons résultats qui ne venaient que d'elle seule, et elle le
remerciait avec une naïve effusion de reconnaissance du
bonheur qu'il lui devait.

Révol profitait, sans en avoir conscience entière, de ces
actes obscurs et sublimes de désintéressement et de foi. La
tâche qui consiste à se laisser aimer est bien facile, et il s'en
acquittait sans trop de peine. On eût dit parfois qu'il arrivait à comprendre toute la portée du bienfait, et, le plus
souvent, il n'avait que l'intelligence confuse de sa tranquillité et de son bien-être personnels. On eût pu le comparer
alors à ces idoles de pierre ou de bois, en face desquelles
viennent s'épanouir les âmes aimantes, et qui demeurent
immobiles et parées dans leurs sanctuaires, sans rien accorder en échange de tous les hommages qu'elles reçoivent,
et inspirant, sans les voir et sans les partager, des élans de
piété et des miracles de miséricorde.

Depuis quelques mois pourtant, une inquiétude secrète,
mais toujours croissante, s'était emparée de lui. Chaque
caresse de sa femme lui apportait comme un remords, et

elle se donnait si complètement à lui, qu'il en venait à se reprocher avec amertume de tout absorber sans payer jamais le moindre à-compte sur la dette de plus en plus lourde qu'il contractait chaque jour. Il devenait sérieux et solitaire, et on lui aurait trouvé maintes fois, en dépit de ses idées coutumières et restreintes, une apparence de méditation et de rêverie. Il était évident que quelque peine cachée le tourmentait.

C'est que le passé mort de la veille, était tout-à-coup venu se représenter à lui, comme l'ombre de Banquo à la table de Macbeth. C'est que les souvenirs encore brûlants dont il s'était cru délivré à jamais, l'avaient soudain assailli au milieu de sa sécurité conjugale. Louise, la jeune fille de la mansarde, Louise Brindeau, qu'il avait perdu de vue un instant, avait fini par retrouver sa trace, malgré les précautions qu'il avait prises pour lui échapper : elle avait connu sa demeure, sa position nouvelle, le renom de considération bourgeoise et de bonheur paisible qui l'entourait : et elle lui avait écrit, et elle lui écrivait tous les jours, lui parlant de son délaissement déplorable, et de sa misère, et de ses ennuis : lui rappelant les illusions dont il l'avait bercée, et le menaçant, s'il ne revenait pas à elle, d'aller le trouver tout-à-coup chez lui, en face de la femme qu'il avait épousée, de se mettre entre lui et cette femme, et de réclamer à haute voix tout ce qu'il lui avait promis et juré.

Chaque matin , Félix était condamné à recevoir, en présence de sa femme , ou de sa main même , quelque lettre de
ce genre ; et il avait toûjours peur de se trahir par son
trouble , comme le forçat évadé se dénonce lui-même , en
traînant par habitude la jambe qui porta si longtemps les
lourdes chaînes de la chiourme.

Un jour, il fut étonné, en laissant aller ses yeux sur la
suscription d'une lettre où il reconnaissait toujours la même
main accusatrice , de voir qu'elle ne portait pas , comme les
autres , le timbre de Poitiers ; mais celui d'une ville plus
voisine de vingt lieues. Louise , c'est-à-dire le Remords ;
s'était mise en marche pour venir le rejoindre : encore un
pas ; et ils allaient se trouver en présence.

« Je vais à toi , puisque tu refuses de venir à moi, écrivait
la pauvre fille ; mais écoute, je suis généreuse ; je sais le mal
que je te ferais , et je t'aime encore trop pour vouloir ta perte.
J'attendrai, à Niort, une lettre de ta main ; il faut que tu
me dises que tu m'aimes toujours , que tu n'aimes que moi ;
que tu n'as épousé l'autre Louise qu'à cause de son rang et
de sa fortune , et que tout ton cœur m'appartient comme au
temps où tu étais libre. Ecris-moi cela , entends-tu ? Répète-
le sous toutes les formes , car je veux m'en pénétrer à loisir ;
et signe , surtout, signe cela de tout ton nom , pour que je

puisse l'humecter, ce nom, de mes baisers et de mes larmes. A ce prix, je serai contente, et je retournerai t'attendre à Poitiers. »

Félix hésita un peu, mais il était habitué aux accommodements, et celui-là ne lui coûtait, tout au plus, qu'un mensonge et une signature. D'ailleurs, il devait partir, le lendemain, pour un voyage assez long ; tout contribua à le rassurer. On dit que les autruches qui entendent les pas du chasseur se cachent la tête dans le sable, croyant ne pas être vues parce qu'elles ne voient point : Félix espéra en avoir fini avec le danger, au moyen d'une disparition momentanée et d'une promenade en diligence ; avant de partir, il se mit en règle : la lettre de Louise lui dictait la sienne ; il écrivit.

Pendant son absence, qui dura deux mois, madame Révol prit une femme de chambre poitevine, dont le nom était Elisa.

IV.

L'AGONIE.

Au jour annoncé pour le retour de Révol, il arriva, brisé

par les fatigues et les insomnies de la route, et voulut se
retirer de bonne heure. Tout dormait depuis longtemps dans
la maison, lorsque la porte qui fermait la chambre à coucher s'ouvrit comme d'elle-même, et une femme parut sur
le seuil, à demi-éclairée par les lueurs incertaines de la lampe
de nuit qui brûlait près de la couche : cette femme était
Louise la Poitevine ; Louise, qui avait pris un faux nom
pour s'introduire dans la maison de son ancien amant ;
Louise, qui n'aimait plus Révol, mais qui aimait encore,
qui aimait surtout la vengeance, et que n'avaient pu toucher
la douceur et l'angélique bonté de sa rivale.

Elle s'approcha, en marchant sur la pointe des pieds, du
lit où dormaient ses nouveaux maîtres, et, les voyant livrés
à un sommeil paisible, elle demeura quelque temps en extase, comme si elle eût voulu boire silencieusement, jusqu'à
la dernière goutte, l'amertume que lui apportait ce spectacle ;
puis elle tira quelque chose de son sein, et, soulevant le
rideau, qui lui cachait la tête de madame Révol, elle glissa
légèrement sa main sous les plis du peignoir blanc qui couvrait la poitrine de la jeune femme : un instant après, elle
avait éteint la lampe de nuit et disparu derrière les drape-
ries de l'appartement.

« Cela est bizarre, dit à demi-voix, en se parlant à elle-

même , la compagne de Révol : mon mari est revenu ce soir,
et je rêvais , tout-à-l'heure , qu'Elisa m'apportait une lettre
de lui , une lettre bonne et aimante , ajouta-t-elle , en se rap-
prochant de Félix , comme un enfant qui demande une
caresse à son père.

— Dors donc , dors donc ! Louise , murmura le voyageur
endormi ; » et il se retourna du côté opposé.

Pendant ce court dialogue , Louise avait senti un corps
froid et dur effleurer la peau délicate de son sein : elle y porta
la main aussitôt , et poussa , en rencontrant sous ses doigts
une lettre pliée , une exclamation de surprise qu'elle ne retint
qu'à moitié. Mais Félix n'entendit pas , et, comme la lampe
était éteinte , elle se résigna , pour ne pas éveiller son mari ,
à attendre, non sans impatience , le premier rayon du jour.
Jusque-là , elle se contenta de tenir dévotement la lettre dans
sa main , la pressant parfois sur son cœur, car elle comptait
bien y trouver la réalisation passionnée de son rêve.

Au point du jour, elle n'eut rien de plus pressé que d'ouvrir la lettre fatale : c'était bien l'écriture de Félix ; c'était
bien à sa Louise qu'il écrivait, mais c'était à une Louise
pauvre , inconnue ; à une étrangère qu'il disait avoir toujours
aimée , tandis que jamais il n'avait ressenti d'amour pour
l'autre Louise. En lisant cela , une sueur froide coulait sur

les joues de madame Révol : quand elle arriva à la signature ; elle la lut à haute voix , avec effort , comme si elle eût crié au feu ! ou , à l'assassin ! et comme , avant d'ouvrir la lettre , elle s'était rapprochée le plus qu'elle avait pu du bord de la couche , pour ne pas s'exposer de nouveau à réveiller son mari , elle tomba de la hauteur du lit , et roula sur le parquet.

« Qu'y a-t-il donc? qui m'appelle? » cria à son tour Félix , que le bruit venait de réveiller en sursaut.

En ouvrant les yeux , il crut voir une forme humaine traverser l'appartement et s'enfuir , en fermant la porte sur elle. Sa femme n'était plus à ses côtés ; et , dans ce premier moment de trouble et d'engourdissement intellectuel qui suit un réveil subit , il s'imagina que Louise errait dans la maison , sous le coup du somnambulisme. Sans plus attendre , il s'élança brusquement pour la suivre et la faire revenir à elle : en tombant à terre , il heurta un corps gisant qui poussa un soupir étouffé : c'était sa femme qu'il venait de fouler aux pieds , et qu'il vit , à la lueur du jour naissant , pâle , raide , évanouie.... Hors de lui-même , Révol sonna énergiquement la femme de chambre , et la porte s'ouvrit de nouveau.

« Louise ici ! » cria-t-il , quand la poitevine parut : il voulait la faire s'expliquer , la presser de questions ; mais l'état de sa femme était plus pressant encore , et il se contenta de lui demander secours....

Madame Révol eut bientôt tous les symptômes d'une fièvre ardente : en peu de jours, on en vint à désespérer de la sauver. Son mari veillait près d'elle, et la femme de chambre, dont la jalousie et la vengeance avaient fait un bourreau, mais qui n'avait pas tardé à se repentir amèrement de son action coupable, l'aidait de toute son intelligence et de tout son dévouement.

Le délire de la jeune malade avait un caractère particulier de violence et d'exaltation : cette douce nature de femme s'était changée tout-à-coup en une nature cruelle et passionnée : elle n'avait pas entièrement perdu la connaissance des personnes et des choses ; elle appelait par leurs noms ceux qui l'entouraient : toutefois, une idée fixe s'était emparée de son imagination en désordre.

Quand le médecin s'approchait d'elle, elle repoussait sa main avec force.

« C'est Louise, c'est l'autre Louise qu'il me faut ! Amenez-la ici, que je la voie ; amenez, amenez-la, cette infâme ! »

Et ses dents se serraient, et ses mains pâles se croisaient, comme si elle eût voulu la saisir et la déchirer.

Lorsque le prêtre vint lui parler de Dieu et du salut, et de la rémission des péchés, et du pardon des offenses, il ne put obtenir qu'un mot cent fois répété : « Louise ! Louise ! »

Lorsque sa mère voulut la presser une dernière fois dans ses bras :

« Va-t-en ! lui cria-t-elle ; ce n'est pas toi qui es Louise ! c'est Louise que je veux ! »

Elle s'adressait à tous ceux qui venaient la voir, et qui ne comprenaient rien à son délire : elle leur demandait, de tout ce qui lui restait de force dans la voix, la jeune fille de Poitiers : elle l'eût demandée à Dieu, si Dieu eût voulu lui apparaître, à ces heures solennelles de séparation et d'anéantissement.

Et le mari était là, debout ; et Louise la poitevine était là aussi, pleurant et se tordant les mains.

Une fois, l'agonisante se mit à genoux sur son lit : ses bras se dirigèrent vers la femme de chambre, et elle allait prononcer le nom d'Elisa, quand celle-ci, effrayée de son regard et de son geste, se rejeta en arrière, et vint heurter Révol, qui se tenait adossé à la muraille, la tête basse et les bras serrés sur la poitrine.

« Est-ce elle que tu veux ? dit Félix d'une voix sourde, et étreignant de ses deux mains, jusqu'à faire jaillir le sang, les deux bras de l'étrangère.

— Non, non ! c'est Louise ! il me faut Louise, s'écriait la malade.

— Eh ! bien , la voilà ! » dit Félix , et il jeta la jeune fille vers le lit , avec la même violence qu'il aurait mise à pousser une victime sous le couteau.

En ce moment, je ne sais quelle révélation brusque et rapide éclaira tous les doutes de la mourante : elle se leva , d'agenouillée qu'elle était , comme un cadavre soulevé par le galvanisme ; ses bras s'étendirent , et ses yeux ardents roulèrent dans leurs orbites. Mais la secousse avait été trop forte : il s'était développé , en un instant , au foyer de son cœur, tant d'étonnement, et tant de haine , que ce cœur fut brisé. Elle retomba subitement sur elle-même, et il ne resta plus qu'à étendre un coin du drap sur ses traits encore sillonnés par les plus violentes passions.

Par une belle soirée du dernier automne , nous parcourions à deux les vieux quartiers de la capitale du Poitou. Au moment où nous allions nous engager dans une rue assez sombre , mon ami me serra fortement le bras , et me fit prendre un autre chemin.

« M'expliquerais-tu, me dit-il, pourquoi j'éprouve une répugnance invincible à passer dans cette rue? Il semble que j'aie commis, en cet endroit, quelque grand crime, dont je redoute le souvenir. »

— Je vais te le dire, mon ami : tu as usé ici les plus belles années de ta jeunesse, et tu les as usées dans le mal : c'est là que tu t'es dressé à l'égoïsme, car l'égoïsme est heureusement plutôt dans l'éducation que dans la nature. C'est là que tu as appris à mépriser les femmes, à les considérer comme des victimes inféodées à tes caprices : et c'est ce mépris coupable qui a empoisonné toute ta vie à venir. Crois-moi, la femme la plus calomniée et la plus salie vaut mieux encore, en raison des luttes qu'elle a eues à subir, que l'homme le mieux famé et le plus innocent aux yeux du monde. Les femmes ne s'adressent généralement à nous que pour en recevoir de la honte ou de la souffrance ; et, dans notre société disloquée, elles gagneraient presque toujours à se passer de nous, lorsqu'il s'agit de leur liberté et de leur bonheur. »

Je me sentais disposé à moraliser encore bien longtemps ainsi, lorsque, en me retournant vers la rue maudite, je crus voir, à la fenêtre de la chambre qu'avait occupée mon ami, une tête de femme, pâle et voilée de deuil, avec des yeux étrangement fixés sur nous , comme ces vieux portraits noyés dans l'ombre , dont le regard importun semble s'opiniâtrer à chercher le nôtre. A mon tour, j'entraînai mon compagnon loin de ce quartier solitaire , et nous continuâmes à marcher ensemble, muets et tristes , pareils à ces vieillards qui pleurent sur leur passé , et qui , après s'être longtemps drapés pour paraître bien vivre , songent à se draper une dernière fois , afin de paraître bien mourir.

14.

UN AMOUR LITTÉRAIRE.

I.

Marie de Sérillac avait seize ans, de grands yeux bruns, une voix très-douce, un ensemble plein de simplicité, de charme et de modestie. Sa mère venait de l'enlever à l'un de ces pensionnats parisiens où l'on apprend, moyennant quelques billets de banque, à jouer des quadrilles, à nettoyer ses dents, et à parler, en grasseyant, la langue combinée des professeurs d'écriture et des marchandes de modes. Heureusement, Marie n'avait rien appris à cette école de coquetterie et de graces maniérées, et elle était revenue dans sa province plus belle, mais aussi bonne et aussi pure que le jour où elle lui avait dit adieu pour la première fois.

Le château de Sérillac est adossé à de grands bois, et domine lui-même de magnifiques prairies. C'est une vaste habitation moderne, construite avec goût, entourée de beaux jardins, et ne laissant apercevoir que çà et là les vestiges du vieux manoir qu'elle a remplacé : au-dehors, les écussons à coquilles, suspendus entre les griffes de deux léopards de granit ; les douves fangeuses, peuplées de poissons blancs, le pont-levis en ruines, et les meurtrières gorgées, non plus de canons d'arquebuses, mais de foin et de paille sèche : au-dedans, les portraits des aïeux avec leurs armures luisantes et leurs cadres sculptés ; quelques vieux meubles conservés comme des reliques, et contrastant avec un ameublement du dernier goût ; puis, sur les rayons les plus bas et les plus élevés de la bibliothèque, des bibles géantes, des annales de conciles, des poésies amoureuses soupirées autrefois par des courtisans devenus évêques, des livres de sermons à tranches jadis dorées, que surmonte une houppe de sinets de soie rose, blanche et verte ; le tout enseveli sous une vénérable et glorieuse couche de poussière. La plupart des bibliothèques qui *datent* un peu sont ainsi disposées : de pieux in-folios en forment la base, c'est la dépouille d'un prieuré voisin ou l'héritage d'un savant aïeul; de petits livres galants, et jadis coquets, la couronnent; on les a trouvés dans l'armoire d'un abbé mondain ou sur la table d'un mousquetaire; puis, au milieu, se case et se range la moderne et envahissante littérature, les revues, les romans, les livres de philosophie et d'histoire, les drames et les poésies, génération jeune, active, innombrable; avalanche de parvenus qui s'abattent sur les archives poudreuses, les renvoient à la cave ou au grenier, et condamnent bientôt à l'oubli le plus profond tout cet entassement de saintes légendes et d'innocentes bergeries, dont ils viennent occuper la place sur les rayons et dans les intelligences.

Marie et sa mère n'étaient jamais seules au château : la ville voisine leur expédiait presque tous les jours son contingent de notaires, de curés et de visiteurs de toute espèce. Les châteaux des environs se peuplaient au printemps de joyeuses familles, avides, comme elles, de courir les vallées, de boire à l'eau des sources ferrugineuses, et de poursuivre les papillons le long des haies. Les soirées étaient beaucoup plus difficiles à passer; un peu de musique, beaucoup de causeries et quelques lectures étaient les seules ressources de la colonie. Mais on n'est pas exigeant à la campagne, et mieux vaut encore bâiller en cercle autour d'un guéridon chargé de fleurs , de livres épars et de broderies , que de se traîner sur les trottoirs humides d'une grande ville , et de consumer sa nuit à voir pirouetter des danseuses , ou à entendre des candidats à la députation résumer la séance du jour, et parler lourdement de chemins de fer, de fortifications, de crédits supplémentaires et de protocoles.

Par une fraîche matinée de septembre , une grande animation régnait dans l'ancienne cour d'honneur de Sérillac : trois voitures , marchant de conserve , venaient d'arriver avec force bruit de voix , de rires et de chevaux : et chacun mettait pied à terre , appelant son voisin , réclamant son chapeau, son châle ou son ombrelle, et adressant un salut cordial aux deux châtelaines qui étaient accourues sur le perron.

Ce ne fût qu'à table , et en prenant le thé , que l'on put passer en revue la caravane qui venait d'arriver à Sérillac. Il y avait là trois ou quatre familles , représentées par une demi-douzaine de jeunes filles avec leurs mères , un curé, un précepteur, deux ou trois jeunes gens en costume de chasse, et un ou deux vieillards presqu'aussi dispos que les autres.

— Que ferons-nous aujourd'hui ? dit une voix , au moment où l'on allait quitter la table.

— Liberté ! liberté , cria-t-on en chœur.

Et , sans plus attendre , chacun courut à son poste : les

chasseurs allèrent battre les guérets , les enfants se mirent à
grimper dans les escaliers : les jeunes filles s'armèrent de
lignes ou s'emparèrent de la balançoire ; le curé s'enfonça
dans le taillis avec ses *heures* , le précepteur demanda le
chemin de la bibliothèque , les mères et les vieillards com-
mencèrent à causer paisiblement sous la charmille.

— Je vous ai amené là un excellent jeune homme , disait
à madame de Sérillac une dame assise à côté d'elle , en lui
montrant un des chasseurs qui ne paraissait pas aussi ardent
que les autres à sauter les fossés et à fourrager dans les haies
d'aubépines. C'est M. Alfred Lautour, l'un des bons amis de
mon frère , et, je crois , son camarade de collége. Vous
n'avez jamais vu d'homme plus laborieux et plus modeste :
il a tout appris et tout retenu : les sciences les plus abstraites
lui sont familières : il parle des arts comme un maître , fait
des dessins charmants et de délicieuses poésies : il écrit
dans les journaux , travaille pour le théâtre , et vit dans l'in-
timité de nos écrivains les plus célèbres.

— Mais comment , observa madame de Sérillac , ce jeune
homme , si répandu à Paris , se résigne-t-il à vivre en province ?

— Ceci est une histoire , et je soupçonne mon frère de ne
m'avoir pas tout conté. La passion de ce jeune homme pour

l'étude a ébranlé sa santé robuste, et il s'est mis *au vert*, comme on disait autrefois. Je présume, au reste, qu'il y a aussi là-dessous une petite affaire de cœur, et que sa famille n'est pas fâchée de l'éloigner pour quelque temps. Mon frère nous l'a envoyé, et doit bientôt venir le rejoindre. M. Alfred nous rend les devoirs de l'hospitalité on ne peut plus faciles : son caractère est plein de douceur, et son genre de vie est des plus simples : il passe son temps à rêver, à se promener, à écrire : nous ne le voyons guère qu'aux heures des repas : il est prévenant et bon, joue avec nos enfants comme s'il avait leur âge, écoute mon mari sans s'impatienter jamais, et nous charme tous par la réserve de sa conduite et l'aménité de ses manières.

Madame de Neubourg allait continuer sur ce ton, lorsqu'Alfred Lautour, qui avait été caché quelque temps par les haies et les grands arbres, reparut sur le penchant de la colline. Il choisit un lieu ombragé, jeta son fusil sur l'herbe tendre, tira un livre de sa poche, et s'assit tranquillement au pied d'un orme chevelu.

— M. Alfred ! cria, du bord de la rivière, une voix d'enfant : laissez donc là votre fusil et votre livre, et venez pêcher avec nous.

Alfred accourut en riant, se mêla au groupe des jeunes

filles, saisit un bambou qu'on lui tendait, et se résigna doucement à ce métier champêtre qu'ont, selon nous, beaucoup
trop calomnié les têtes fortes de notre monotone génération.

Après la pêche vinrent les courses sur l'étang, les faran-
doles sur la pelouse, les cris perçants autour de l'escarpolette.
Peu à peu le soleil baissa, les chasseurs arrivèrent, montrant
leur butin et gonflant leurs prouesses : la solitude du salon
se peupla à mesure, et le précepteur s'y rendit le dernier, la
tête pesante et l'habit poudreux.

Le dîner fini, les voitures attelées reçurent de nouveau la
caravane, et l'on se quitta avec mille saluts caressants,
mille embrassements joyeux et mille promesses de retour.

II.

A quelques jours de là, Alfred était seul dans la petite
chambre qu'il habitait momentanément chez madame de
Neubourg. Il allait de son piano à sa table, de son divan à
sa fenêtre, ébauchant une mélodie, traçant rapidement
quelques lignes, ouvrant avec une certaine négligence un
livre nouveau, ou regardant la Sarthe se perdre entre les
prés et sous les saules.

— Bonne vie ! se disait-il, bonne vie de paresse et d'enchantements ! Savons-nous, à Paris, ce que valent les hommes, ce que vaut la nature, ce que nous valons nous-mêmes ? Où sont mes *roués* du Café Anglais, mes bouquets d'arbres souffreteux de la Chaussée d'Antin ? où sont ces exigences qui vous enchaînent, ces parades qui vous rape-tissent, ces comédies mondaines qui vous dépravent en vous épuisant ? Ici les champs sont verts, les femmes sont bonnes et naïves ; les graces de convention n'existent pas ; le sentiment du beau coule de source ; l'art est vierge comme les cœurs où il pénètre sans efforts. Corbleu ! mes amis, faites-vous donc hommes de province, et laissez votre vieille Gomorrhe s'abîmer toute seule dans ses cloaques de boue et de sang.

Alfred était, comme l'avait dit madame de Neubourg, un bon et excellent jeune homme. Si la richesse de ses facultés n'avait pas encore produit de fruits remarquables, elle lui avait au moins permis de dépenser largement sa vie sans la mettre à sec. Il y avait en lui de l'ardeur et de l'intelligence pour toutes choses ; l'indécision même de sa nature en révé-lait la beauté : sa tête et son cœur s'épanouissaient avec une rare effusion, et si, jusqu'alors, il ne s'était montré grand ni par la moralité, ni par le génie, on pressentait qu'il y avait là moins d'impuissance que de mollesse et de dédain de soi-même.

Les natures de cette espèce, que l'on ne peut appeler des types , parce qu'elles n'ont aucun élément essentiel et précis, sont , à notre époque , moins rares qu'on le suppose. Il y a , en ces temps-ci, du crépuscule autour des individus , comme il y en a autour des choses sociales. L'acteur se meut au hasard , sans se soucier parfois du but qu'il importe d'atteindre , parce qu'il ne l'entrevoit pas clairement. Le spectateur prudent hésite à porter un jugement quelconque, parce qu'il se fait une grande confusion au fond de ses orbites, et que, selon certaines dispositions de terrain, certains hasards d'attitudes , certaines variations d'ombre et de lumière , il est tour à tour éclairé ou aveuglé, flatté ou repoussé, convaincu ou ébloui.

Quant à l'acteur lui-même, il est en proie à une indécision fatale. Né d'un souffle fécond , il a été réveillé dans son berceau par une voix qui lui annonçait de grandes choses à faire, il a étendu les bras vers la destinée , digne de tous ses dons, prêt à profiter de toutes ses promesses. Sera-t-il fort? Les proportions de cet être élu sont harmonieuses ; il y a du ressort dans ses muscles, du feu dans son regard. Sera-t-il pur? Il se sent de l'enthousiasme pour les cœurs honnêtes, de l'attrait pour les vertus voilées : le récit d'un acte de dévouement, le retentissement d'une noble parole, le frappent comme d'une commotion électrique. Il ne demande pas mieux que de marcher, lui aussi, sérieux et bon, sous l'œil de la Providence.

Mais qui l'empêche, aussi, qui l'empêche de devenir méchant, de trahir la mission qu'il avait reçue, de céder à d'autres sollicitations, à d'autres attraits impérieux? Il a été retenu jusqu'à vingt ans par le réseau étroit d'une règle sévère : arrivé là, le réseau a disparu, la triste liberté a fait sa besogne : les portes du monde lui ont été ouvertes à deux battants, temple par un bout, mauvais lieu par l'autre : lui a-t-on appris à choisir, à se diriger, à se reconnaître? quelqu'un lui a-t-il dit : le bien est ici, le mal est là? En le gorgeant de science, lui a-t-on fait connaître à quoi devait servir, à quoi devait tendre la science? En se préparant aux études littéraires, a-t-il su que l'art était un acte de foi, et non un instrument de caprice, une fête et non une orgie, une propriété publique que l'on doit respecter, et non un fétiche individuel que l'on brise ou que l'on adore à son gré? En le jetant à travers le monde politique, lui a-t-on montré la tradition derrière le fait présent, l'esprit sous la lettre, le principe apparent et sûr à côté du texte banal? En le laissant pénétrer au sein de la société des hommes, lui a-t-on enseigné ce qu'il fallait qu'il leur donnât en échange de ce qu'il allait exiger d'eux ? lui a-t-on révélé qu'il y avait une religion du devoir, comme il y avait un culte de la pensée ? lui a-t-on dit enfin qu'il fallait être pur pour briller, moral pour aimer, honnête et patient pour réussir ?

Hélas ! ces sortes d'enseignements n'entrent ni dans l'éducation qu'il a reçue, ni dans celle qu'il recevra au milieu des hommes ! Au pêle-mêle de la science succède le pêle-mêle de la vie. Trop heureux s'il en trouve la route et l'issue, car le mot « cherche! » est le seul avertissement qu'on lui ait octroyé au départ !

Ainsi aventurées, nos jeunes générations s'agitent dans leur ombre, et toutes les pertes qu'elles font, tous les déchirements qu'elles subissent, toutes les ruines qui s'entassent autour d'elles, nous offrent de terribles et poignants spectacles.

Alfred Lautour rêvait peut-être à ces profondes anxiétés de la jeunesse, lorsqu'un domestique, qui partait pour la ville, vint lui demander ses ordres. Madame de Neubourg faisait un envoi à son frère, et Alfred s'était promis d'y joindre un mot de sa main. Il fureta sur son bureau, et remit au porteur un paquet assez volumineux, dans lequel était contenue la lettre que voici :

« Que vous avez bien fait, mon cher Raymond, de m'exiler

à Frileuse! J'y suis devenu le plus stupide, le plus fainéant, le plus heureux des gens de lettres et des Parisiens ; dois-je dire des hommes? Votre beau-frère est un hôte très-affectueux ; votre sœur est un chef-d'œuvre de vertu ; vos petites nièces sont les démons les plus blonds et les plus bouffis que j'aie vus dans vos musées et dans mes rêves. On me gâte comme un enfant de la maison ; nos journées se passent en excursions et en flâneries, nos soirées en bavardages et en lectures. On a le bon goût, rare en province, de me laisser faire ce qui me plaît, et, sans abuser de la permission, je me livre à toutes mes fantaisies de touriste et de sauvage. Je vais visiter les églises des environs, boire le lait des étables, manger le pain bis des paysans : un matin, je me baigne voluptueusement dans la Sarthe ; un autre jour, je croque un moulin sur mon album. On m'a loué un piano, et je me suis mis en tête de composer un opéra pour la prochaine fête de M. de C. ; on m'a autorisé à fouiller dans les déblais d'une vieille abbaye, et j'y ai copié, d'après des missels manuscrits, une myriade de majuscules à illustrations romanes, que Curmer n'aura pas, car ce serait vraiment un sacrilége que de dépouiller nos vieux saints de leurs enluminures, pour en habiller vos La Bruyère *chicards* de la rue Richelieu. Mes petites broderies littéraires avancent aussi, et j'ai en tête un roman d'après nature , pour lequel il ne me manque plus qu'un cadre et trois ou quatre séances d'atelier : il y a ici des originaux qui viennent poser pour moi, sans qu'ils s'en doutent , et qui vous amuseront bientôt à leurs dépens.

» S'il y avait deux étés cette année , vous ne me verriez pas avant bien des mois. Je sais que vous allez vous étonner et crier à la pétrification , au meurtre et au scandale ; m'envoyer, peut-être , avec une houlette ornée de rubans et de coquelicots , un vieux cigarre oublié sur ma cheminée , et je ne sais quel écho de regrets sourds et de plaintes féminines. Croyez-moi , mon ami , j'ai bien lutté , mais depuis tantôt quatre semaines , j'ai remporté sur moi des victoires immenses. Avouez que j'ai dépensé trop d'argent , de veilles et de papier *Marion* , à me mettre à l'affut derrière le balcon des *Italiens* , à traduire en beau style , et sans ratures , des amours plus ou moins poétiques. J'en ai reconnu le vide depuis mon séjour à Frileuse : et , bravant par anticipation toutes les malédictions qui me viendront de vous et d'autres, j'ai commencé à comprendre que la pensée et le cœur pouvaient changer de lit comme nos fleuves , et qu'il y avait des rives fraîches et émaillées qui valaient bien vos quais de pierre polie et dure , brûlants un jour , glacés le lendemain et ensevelis dans les brumes.

» Il y a , à une lieue d'ici , un château , et , dans ce château , une jeune fille. Figurez-vous la Marguerite de Goëthe,
avec des cheveux noirs au lieu de cheveux blonds : des mains
dignes de don Juan , une taille que Châteaubriand eût com-
parée au jeune palmier du vieux Chactas. Je l'ai vue trois ou
quatre fois , depuis mon arrivée à la campagne , et je ne sais
en vérité ce qu'il adviendra de ces rencontres. Madame de
Neubourg m'avait beaucoup vanté : on me considère à Sérillac
comme un modèle de modestie et de vertu , et l'on a en moi
une loyale confiance.

» L'autre jour , pendant que les enfants jouaient , et que
les mères tricotaient leurs éternelles tapisseries , on m'a envoyé avec Marie (le beau nom , n'est-ce pas ,) cueillir des
champignons de rosée dans l'avenue. Nous sommes partis
ensemble, comme des frères ; nous avons causé, chanté,
souri aux nuages et aux papillons. L'homme de lettres de
toutes les *Revues* satinées, le beau parleur du foyer de l'Opéra,
s'effaçait à côté de la jeune fille des champs : sa voix m'arrivait comme un ramage ; chaque mot , prononcé par elle , me
chatouillait comme une caresse. Elle me contait ses joies et
ses plaisirs ; elle aimait les petites fleurs bleues, les cressons
frémissant dans l'eau des sources , les robes blanches, les
ballades de Bürger, les mélodies de notre Frantz : la naïve

enfant comprenait l'art mieux que nous, qui en faisons métier et marchandise ; et, quand elle ouvrait la bouche pour m'interroger ou me répondre, je m'arrêtais comme au seuil d'une chapelle, afin de respirer à mon aise ce parfum de foi et d'innocence ; afin d'écouter à loisir ce chant aussi doux qu'un chant d'oiseau, aussi saint qu'un hymne de Pergolèse.

» Nous sommes revenus avec une provision de champignons parfumés, et il a fallu ensuite rentrer au salon. On m'a demandé une lecture ; j'ai pris un volume de Lamartine, et on a pleuré en m'écoutant. Marie a voulu lire à son tour, et elle est tombée sur le *Premier Regret*, et chacun s'est ému encore, moi comme les autres : — on eût dit une prière en famille.

» Vous riez, lion que vous êtes ; vous riez de ma transformation soudaine, de mes amours champêtres, de mon retour à l'élégie, de mon style fleuri et pastoral. Pour m'achever de peindre, il faut que, en vous demandant un service, je vous livre une des idées qui me préoccupent le plus aujourd'hui, parce qu'elle flatte à la fois les penchants secrets de mon cœur et mes habitudes littéraires. En parcourant les brochures entassées sur les consoles du salon de Sérillac, j'ai vu plusieurs numéros de *la Gazette des femmes* : on y est abonné ici : on ne pourra imaginer que j'aie des accointances quelconques avec ce bureau d'esprit des dames françaises. Le gérant est *de nos amies ;* elle m'a demandé maintes fois de ma prose ; et je veux enfin céder à ses désirs. On me lira chaque semaine au château : je me lirai moi-même aux réunions de la veillée ; j'écrirai , en déguisant mon nom et , au besoin , mon sexe et mon âge , tout ce que je n'ose dire de vive voix : j'imaginerai une série de lettres, un enseignement progressif, que sais-je? La clef de mon pseudonyme se trouvera quand je le voudrai , et cette fiction me procurera une foule de sensations agréables , si elle n'engendre pas des conséquences plus sérieuses.

» A l'œuvre donc , cher Méphisto ; portez bravement ma première production à ce cornac équivoque , qui se charge d'apprivoiser périodiquement les jeunes filles ; gardez-moi un secret absolu sur tout ceci, et vive la presse ! Votre plus ignoble porteur d'imprimés à domicile est à cent pieds au-dessus de toutes les colombes messagères des troubadours. »

Les instructions d'Alfred furent ponctuellement suivies par son correspondant, qui ne manqua pas de le persiffler, comme il l'avait prévu, au sujet d'une métamorphose dont il se rendait malaisément compte. Raymond de Thouars, frère de madame de Neubourg , était, en matière de sentiment, ce que l'on appelle ailleurs un homme pratique. Et il eût grondé plus lourdement son *Ermite du Maine*, comme il disait, s'il eût cru à la sincérité, ou, tout au moins, à la persévérance de sa conversion.

Quoi qu'il en soit, Alfred, prévenu du jour où le numéro du recueil qui contenait son article devait arriver à Sérillac, s'arrangea pour que la famille de Neubourg s'y rendît ce jour-là même. Il vint plus tard que les autres, et trouva tout le monde groupé sur les bancs rustiques de la charmille.

Marie tenait à la main *la Gazette des femmes*.

— Oh! la jolie lettre, monsieur Alfred! dit-elle en le voyant, la jolie lettre que j'ai reçue ce matin!

— Vous, mademoiselle! dit Alfred, simulant la surprise, et réellement ému de l'à-propos, qu'il n'espérait pas aussi complet.

— Oui, monsieur, moi et bien d'autres, car elle est imprimée dans un journal.

Et elle tendit gracieusement le numéro au jeune homme, qui le saisit avec un empressement mal déguisé.

— Vous qui lisez si bien, monsieur, ajouta madame de Sérillac, sans remarquer son trouble, vous allez nous lire cet article : de quel nom est-il signé?

— Old Goshawk, dit Alfred; le nom est drôle!

— C'est un nom anglais, observa madame de Neubourg :

Les écrivains de cette nation ont plus d'entrain et d'honnêteté que les nôtres.

— Vous êtes sans pitié, madame !

— Oh ! je ne dis pas cela pour vous, monsieur Alfred ; quoique, au fond, j'aurais bien le droit de ne pas faire d'exception en votre faveur, puisque vous n'avez pas daigné encore nous communiquer le moindre de vos ouvrages.

— Modestie d'auteur, ajouta le curé.

— Tous mes livres sont à Paris, reprit le jeune homme.

Et, sans plus d'observations, il commença sa lecture.

III.

LETTRES A UNE JEUNE FILLE.

Première Lettre.

Quand j'étais jeune, et il y a longtemps de cela, je me représentais toujours un poète sous la figure d'un homme fort pâle, enveloppé d'un grand manteau noir, et venant attendre le jour sur le penchant de quelque colline, adossé au tronc de quelque chêne séculaire. Mon poète rêvé prenait plaisir à interroger l'horison muet encore, à suivre de l'œil les riches teintes qui s'harmonisaient dans le ciel, à écouter les premiers chants du pâtre et les premiers frémissements de la nature. Ce sublime spectacle de la création à son réveil devait développer en lui des facultés toutes puissantes, et je ne comprenais pas qu'on allât chercher ailleurs des inspirations et des symboles.

Depuis, j'ai songé qu'il y avait quelque part une aurore plus belle que notre classique aurore de tous les jours, un autre lever du soleil que celui dont les poètes descriptifs et les peintres de genre ont abusé tant de fois. Tu ne peux te figurer quel charme nous éprouvons, nous autres vieilles gens, à voir une âme d'enfant s'épanouir au sein de la vie ; à contempler l'agitation indécise de ces petites ailes ; à entendre épeler des mots bien graves par ces bouches caressantes qui ne semblaient faites que pour sourire. Tout ce qui naît excite au plus haut degré l'intérêt de ceux qui meurent ; tout ce qui se transforme reçoit, de près ou de loin, la bénédiction émue de ceux qui n'attendent plus rien en ce monde qu'une dernière et lugubre métamorphose. Il semble que la Providence ait voulu rattacher le passé à l'avenir par un lien de mystérieuse sympathie ; et les profondes angoisses, et les joies ineffables de l'amour maternel sont là pour te prouver tout ce qu'il y a de vraiment divin dans la loi qui préside à la relation et à la succession des êtres.

Le voyageur qui achève de descendre le cours d'une rivière, épie avec une attention curieuse l'heure et le lieu où la brise commencera à souffler, les voiles à se tendre, les vagues à assiéger le flanc du paquebot. Bientôt, sans doute, il ne verra plus l'eau transparente couler tranquillement le long des herbes, il ne verra plus les fleurs des prairies ; il n'entendra plus les voix des campagnards se répondre d'un bord à l'autre, en se jetant gaîment des injures ou des souhaits; mais le paysage grandit, et l'âme se sent grandir à mesure. Un bruit sourd et lointain annonce l'infini qui va poindre : et il vient un moment, moment plein de ravissement et d'extase, où la nacelle est un vaisseau, où le caillou est un rocher, où le ruisseau est un fleuve, où le fleuve est un océan.

Oh ! vois-tu, la vie est ainsi faite : hier, tu n'étais qu'un enfant ; aujourd'hui je parle à une jeune fille ; demain nous t'appellerons une jeune femme. Es-tu plus heureuse aujourd'hui que tu ne l'étais hier ? et demain le seras-tu davantage que tu ne l'es aujourd'hui? questions à la fois douces et amères, solennelles incertitudes que toutes les voix de l'âme humaine semblent se raconter entr'elles, avec cet accent sérieux et troublé qu'aucune langue mortelle ne saurait rendre.

Un enfant est devant nous, avec ses cheveux blonds et sa figure blanche et rose : ne sachant rien de nos secrets et de nos misères, il se fait de tout un jeu ; il ne demande aux fleurs que le miel, à la vie que le plaisir. Pourquoi l'enfant ne resterait-il pas enfant ? pourquoi le jouet deviendrait-il une arme ? le miel un breuvage enivrant ? la vie une lutte ? Les anges du ciel nous apparaissent blonds et souriants comme les enfants de la terre : Dieu n'a-t-il pas voulu nous enseigner par là que le suprême bonheur était dans la suprême innocence, et que le paradis de l'homme était un berceau !

Regarde bien avant de répondre : il y a quelque chose qui manque à ces formes délicates et pures, c'est la solidité, c'est la force ; il y a quelque chose qui manque à cette physionomie radieuse, c'est un rayon nouveau, c'est le rayon de l'intelligence. Le corps de l'enfant se développe et se fortifie ; dans ses yeux brillent des lueurs inaccoutumées ; la pensée germe, l'imagination jaillit, le cœur bat et aspire. Vous avez moins de beauté, moins de bonheur peut-être ; mais vous avez plus de sève et plus de puissance : l'ange a perdu ses ailes ; mais un être nouveau le remplace ; cet être nouveau est-il déjà un homme : attendons encore. Attendons, car, entre l'homme et l'ange, il y a un intervalle qu'il faut franchir ; il y a une seconde création qui va se faire.

Dis-moi ce que tu es, toi qui m'écoutes : dis-moi ce que tu penses, ce que tu espères et ce que tu crains. Jeune fille, tu vis de mélodies et de fêtes ; tu te donnes toute entière à tout ce qui t'émeut, à ton Dieu, à ta mère, à la nature : tu es libre, tu es sincère, tu connais à peine le mal par son nom. Nous sommes tous occupés à t'admirer, à t'applaudir, à t'encourager de la voix et du regard : parmi nous tu es belle, parmi nous tu es reine : veux-tu que nous priions la Providence de te laisser ce que tu es ?....

Jeune fille, tes mains se joignent pour demander ce que nous t'offrons ; tes lèvres vont articuler une prière.... Prends garde ! cette prière serait impie ; ce vœu, que la mort seule peut exaucer, serait un blasphème contre la Providence. Le but n'est pas atteint. La route est longue devant toi ; le cri de : marche ! a retenti pour toi comme pour tous : il y a plusieurs vies dans notre vie, comme il y a plusieurs cordes à notre lyre ! tu as franchi un degré, il faut en franchir un autre : Dieu saura bien te montrer du doigt la place où tu devras t'arrêter.

C'est alors, je le sais, que le doute projette une ombre démesurée sur l'esprit qui rêve. « Où irai-je? » dit cet esprit, à la fois inquiet et avide de l'avenir. « Parmi toutes ces aspirations confuses qui se pressent en moi, parmi toutes ces

voix qui m'appellent au-dehors , à quelle voix répondrai-je :
me voilà ! vers quel penchant préféré laisserai-je déborder
mon cœur ? »

Marche , marche toujours ! il y a un abri pour toi sous les
grandes ailes de la destinée. Tu hésites et tu redoutes, parce
que tu es encore un être de poésie et d'instinct. Mais ,
songes-y , la nature durcit la tige , quand elle veut que la
plante s'élève ; elle arme la tête du faon timide, aussitôt qu'il
a besoin d'attaquer ou de se défendre ; elle ajoute des facultés
à l'homme dès qu'elle lui impose une tâche dont il avait été
dispensé jusqu'alors.

Aie donc confiance : la raison est née parmi tes folles
joies , l'intelligence se pose avec amour sur ton front paré de
fleurs : tes mille désirs errants se rallient et se groupent
comme un essaim d'abeilles : près de toi l'innocence et la
rêverie ne sont plus seules ; une sœur aînée aussi belle et
aussi pure , mais d'une beauté plus grave , d'une pureté plus
sainte encore, est venue les prendre par la main ; il me semble
que l'océan va dévorer le fleuve ; il me semble que l'heure
du devoir a sonné.

Enfant , laisse-toi bercer de tes derniers songes ; enfant ,
tu seras une femme au réveil.

Dis-moi, mon amie, avais-je raison de penser que l'aurore

de la vie pouvait offrir au poète autant de charmes que l'aurore de chaque journée ? et comprends-tu maintenant que je me plaise parfois à te regarder grandir sous l'œil de ces deux sortes de providences, une mère, un Dieu ?

Au reste, tu le sais maintenant, toute transition est une épreuve, toute épreuve est une douleur. A chaque pas que nous faisons, il nous faut un effort, souvent une larme, et quand nous quittons un lieu de halte pour aller en chercher un autre, nous y laissons toujours un débris de nous-mêmes dont l'oubli s'empare, et que le cœur lui dispute avec amertume. Je dois même te l'avouer : notre trésor de bonheur ne s'accroît pas avec le temps ; l'âge d'or n'est pas devant nous, il est derrière ; les illusions deviennent un aliment trop léger, pour nos appétits insatiables. Nos plus fermes soutiens, nos plus sûrs conseils, nos plus vives affections nous quittent au moment même où nous les appellions le plus énergiquement à notre secours : nul plaisir sans un regret, nulle initiation sans une souffrance, nul progrès vers le bien sans un duel acharné contre le mal.

N'accuse pas Dieu : ses volontés sont souveraines ; ne l'accuse pas, ses prévisions sont infinies, et lui seul sait ce qu'il sait. Il a créé le travail en vue du repos, la peine en vue de la récompense ; et si tu es sage autant que tu es bonne,

tu te pénétreras aisément d'une vérité assez dure : c'est qu'il
y a avantage dans ce monde à se persuader que le malheur
est la loi commune. Quelle joie pour le pauvre affamé qu'un
peu de pain blanc à de longs intervalles! quelle joie pour tous
qu'un éclair de bonheur à travers une vie condamnée à souffrir! On s'habitue à penser que chaque bonne nouvelle est
une bénédiction d'en haut, que chaque plaisir est le prix
d'un dévouement et d'une vertu; et si le chagrin arrive à
son tour, on le reçoit comme un démon familier; on l'accepte
comme sa part, petite ou grande, dans l'affliction universelle.

Ce qui doit te rassurer, d'ailleurs, c'est que l'homme et la
femme ont, avec des devoirs différents, de différentes destinées. Nous sommes, nous, éternellement voués à la haine,
à l'effort, à la lutte : on vous a donné, à vous, l'amour, la
douceur, le repos. A côté de son Christ sanglant et couronné
d'épines, le moyen-âge plaçait toujours sa Vierge souriante
et couronnée de roses. Gardiennes du foyer, anges adorés du
sanctuaire et de la famille, vous nous attendez le soir pour
réchauffer nos mains dans les vôtres, essuyer nos fronts en
sueur, et dissiper avec une caresse les soucis profonds qui
nous dévorent. Mais votre bras ne frappe jamais, votre voix
n'est jamais chargée d'accuser et de maudire, votre sang
n'arrose aucun champ de bataille, votre cœur n'a pas l'oc-

casion de se soulever à la vue des mille corruptions qui nous
assiègent à toute heure. Consolez-vous, car vous êtes protégées et bénies ; consolez-nous, car on vous a attachées à
notre sort comme le prêtre au condamné, comme la fleur aux
ruines, comme l'espérance au malheur.

L'humanité doit aller en avant ; c'est nous qui hâtons sa
marche : l'humanité doit jouir ; c'est vous qui lui faites sa
récompense et sa joie. Le monde du dehors nous demande
la guerre ; le monde intérieur vous confie son salut et son
repos. Accomplissons chacun nos devoirs distincts, mais sa-
chons en même temps qu'il y a un devoir commun à tous,
un devoir qui s'impose à la femme et à l'homme, à l'ado-
lescent et au vieillard ; c'est de croire à la vertu comme on
croit en Dieu ; c'est de haïr de toutes nos forces le mensonge,
la lâcheté et la calomnie ; c'est d'être bons, justes et nobles,
malgré tout et malgré nous-mêmes.

IV.

Marie avait été vivement impressionnée par la lecture
qu'elle venait d'entendre. Le correspondant inconnu parlait
tout à la fois à son imagination, à son cœur, à sa conscience.

Elle s'était cherchée tout d'abord dans la jeune fille du mystérieux Old Goshawk : elle s'était vue enfant hier et femme
demain. Elle avait commmencé par regretter de n'être plus
l'ange blond et rieur ; puis, regardant sa mère, elle aurait
voulu vivre à jamais à côté d'elle, en restant la jeune fille
aux pures et douces jouissances ; enfin, elle s'était laissée
entraîner à d'autres rêves, et elle avait éprouvé confusément,
au fond d'elle-même, quelque pressentiment des joies plus
graves qu'on lui annonçait.

L'imagination d'une jeune fille marche vite, et celle de
Marie volait de toutes ailes. Quand elle avait lu, à elle seule,
entre les rideaux bleus de son alcôve, l'élégante et poétique
lettre, elle s'était figuré l'auteur, qui se disait vieux et près
de la tombe, assis à son chevet dans un grand fauteuil,
avec une belle tête sereine et réfléchie, un regard profond,
un front ridé et des cheveux blancs, tout un vénérable portrait d'aïeul, tel que ceux qu'elle avait vus dans la chambre
de son père : lorsqu'elle l'entendit pour la seconde fois, cette
lettre, de la bouche d'Alfred, les cheveux blancs disparurent,
les rides s'effacèrent peu à peu, le regard conserva sa profondeur en acquérant un éclat plus vif : ce fut Alfred qui devint
l'ami et le sage ; ce fut Alfred qui avait écrit, comme il parlait, comme il pensait sans doute ; et elle comprit mieux, à

son accent doux et coloré , à son expression , à son geste , toutes ces choses de l'esprit et de l'âme qui l'avaient mollement effleurée avant sa venue.

La fascination devint telle , l'émotion de la pauvre enfant fut si rapide, qu'à diverses reprises ses lèvres s'entr'ouvrirent à demi comme pour répondre aux questions posées par le moraliste ; et qu'au moment où Alfred prononçait ces mots : « Dis-moi ce que tu es , toi qui m'écoutes ; dis-moi ce que tu sens et ce que tu penses, ce que tu espères et ce que tu crains, » elle se figura qu'il avait les yeux sur elle, qu'il lui adressait la parole, et, préoccupée de cette idée fixe, caressée et effrayée à la fois par ce tutoiement littéraire qui lui allait de l'oreille au cœur ; elle fut sur le point de se lever , de saisir la main d'Alfred , de lui dire que ses sentiments , ses pensées , ses craintes et son espoir , c'était lui, rien que lui.... Heureusement pour Marie , sa mère était là ; le monde était là ; la lecture finissait , l'auteur était applaudi , le lecteur recevait les remercîments d'usage ; et elle put déguiser son trouble , et elle put échapper elle-même , en se réfugiant sous les charmilles , aux impressions dont elle n'était plus maîtresse , et à l'attention curieuse dont elle se croyait poursuivie.

Le fait est que personne n'avait songé à elle, et que, pour l'auditoire, la lettre à la jeune fille n'avait pas eu beaucoup plus d'importance que les contes doucereux , les vers élégiaques et les bulletins de modes qui remplissaient le reste du journal.

Marie fut rêveuse tout le jour : elle n'eut plus autant de plaisir à balancer ses petites amies , et à voir danser au fond de sa corbeille les ablettes de la douve : elle se sentait mal à l'aise en face d'Alfred , dont la contenance et le sourire étaient toujours les mêmes. Cette apparente tranquillité lui semblait étrange.

— Est-ce lui ? N'est-ce pas lui ? se disait-elle ; et son cœur de seize ans battait avec force.

M. de Neubourg n'arriva que pour dîner : il apprit à sa femme que Raymond lui avait écrit des bords de la mer où il devait passer un mois.

— Le vagabond ! s'écria madame de Neubourg.

— Ne le blâme pas trop , je t'en prie ; car il me propose d'aller le rejoindre , et j'ai bien envie de me laisser enlever pour quelque temps. Qu'en dites-vous , monsieur Alfred ?

A cette question , à peu près indifférente , Marie , qui était occupée à ranger le dessert sur un buffet voisin , releva la tête : elle était pâle , et son regard allait de M. Neubourg à Alfred , avec une indicible expression d'inquiétude.

— Ma foi , dit Alfred négligemment , Raymond est le plus

aimable bohémien de toute la terre ; la Bohême est aussi de mon goût et, si vous voulez le permettre, monsieur, nous ferons le voyage ensemble.

Une pyramide de pêches et de brugnons s'écroula sur le buffet.

— Convenu ! reprit M. Neubourg : je n'osais vous en parler ; mais puisque cela vous arrange, nous partirons demain tous les deux, et vive la joie !

— Nous laisser seules ainsi ! murmura sa femme : voilà bien les hommes d'à-présent ! tout pour eux et rien pour nous ! Et que deviendrai-je, je vous prie, avec nos enfants, dans votre grenouillère de Frileuse ?

— Ecoutez, dit en riant madame de Sérillac ; il y a un remède à tout. Puisque ces messieurs nous abandonnent, il faut nous liguer contre eux à notre tour. Restez ici, le château est grand, la saison est belle : Sérillac deviendra la maison de ville ; Frileuse sera notre maison de plaisance ; nos voyages, à nous, se feront de l'une à l'autre ; nous ne formerons plus qu'une famille, et, au retour de ces messieurs, on verra qui aura le mieux employé son temps.

Marie appuya en tremblant la proposition de sa mère ; elle fut acceptée. On s'entendit sur les détails, et la conversation s'éparpilla.

Au moment des adieux , madame de Sérillac s'approcha d'Alfred , et lui demanda avec intérêt s'il retournerait directement à Paris ou si elle aurait encore le plaisir de le voir en passant. Marie attendait à quelques pas : cette question toute naturelle semblait ouvrir un abîme sous ses pieds. ·

La réponse de M. Lautour fut vague et polie ; il baisa la main de madame de Sérillac , prit respectueusement congé de sa fille , et se jeta dans la voiture.

— Ce n'est pas lui ! pensa l'enfant , et elle courut à sa chambre pour cacher ses larmes.

Rentré dans la sienne , Alfred resta longtemps en proie à une vive agitation. Ses illusions du matin , ses projets calculés à loisir , avaient reçu un coup funeste. En rôdant autour des deux mères de famille , après la lecture de son homélie , il avait entendu parler , à demi-voix , d'intérêts de fortune , de séparation , de mariage. Madame de Sérillac avait reçu pour sa fille plusieurs demandes qui l'honoraient , disait-elle ; quoiqu'elle fût certaine de la soumission de Marie , elle n'était pas sûre d'elle-même ; elle hésitait , elle réclamait conseil , et le curé , consulté aussi , prévoyait et écartait les objections avec le soin et l'éloquence d'un agent d'affaires intéressé au succès d'une entreprise. Madame de Neubourg ne se prononçait pas.

Cette découverte inattendue avait jeté Alfred dans des perplexités étranges : il n'avait jamais songé au mariage, et il s'étonnait, s'indignait même que d'autres en eussent l'idée. Il n'avait aucuns droits sur Marie ; mais il ne pouvait souffrir qu'on en disposât comme d'une denrée en circulation. Tout jeune homme est ainsi jaloux des bonheurs qui ne sont pas les siens, et considère chaque mariage qui se fait autour de lui comme une atteinte à sa propriété et un outrage à sa personne.

Alfred savait que le dernier mot n'était pas dit, et qu'il était libre de parler comme les autres. Mais il lui coûtait de faire une pareille démarche, et, se décidât-il à s'expliquer, il sentait qu'il avait peu de chance de réussite. Madame de Sérillac n'avait pas, comme sa voisine de Frileuse, une de ces natures crédules qui s'extasient devant un homme de lettres portant le timbre de Paris, sont fières de posséder l'original des lithographies qu'elles ont vues chez les libraires, et considèrent un artiste, même incompris, comme un être supérieur aux autres hommes. Elle prétendait avoir vu de près quelques-unes de leurs infirmités, ne manquait pas de certains préjugés de caste, confondait assez volontiers l'artiste et l'artisan, la plume et l'outil, et eût trouvé certainement, à l'occasion, mille raisons plausibles pour résister à ce qu'elle eût appelé, en style noble, une mésalliance.

Retenu ainsi par la prévision des obstacles qu'il envisageait, et plus encore peut-être, par des idées qui lui étaient particulières ; obligé d'ailleurs de renoncer momentanément au moins, à une hospitalité que madame de Neubourg, demeurée seule, n'eût pu lui continuer sans blesser les convenances, il se décida à s'éloigner et à recourir, si besoin était, aux inspirations toujours heureuses et hardies de son ami Raymond de Bohême. Toutefois, avant de quitter Frileuse, il expédia un second article à la *Gazette des Femmes*.

IV.

LETTRES A UNE JEUNE FILLE.

Deuxième Lettre.

Ma dernière lettre ne t'a pas effrayée, n'est-ce pas, mon amie ? Il y a une foule de gens qui vivent principalement pour le plaisir, et qui aiment peu qu'on fasse retentir le mot de devoir à leurs oreilles. Ils ne songent pas que le bonheur vrai, le seul bonheur, consiste dans la paix de la conscience ;

ils ne comprennent pas non plus que l'austérité apparente des lois morales peut s'allier avec toutes les joies réelles de la vie ; que c'est seulement l'abus qu'elles répriment, et qu'en nous imposant un frein, la Providence n'a voulu au fond que nous forcer à bien vivre, comme elle n'a placé le mal à notre porte que pour nous apprendre à le haïr et à l'éviter.

Il faut que je te révèle une erreur funeste, dans laquelle beaucoup d'hommes tombent malgré eux, lorsqu'il leur arrive de s'occuper tant soit peu du sort des femmes. Nous nous croyons, nous, les rois de la raison et de la pensée : à nous l'activité, à nous les travaux profonds et les satisfactions de l'orgueil ; à vous le soin et la vanité des petites choses : il semble que rien de grand ne vous soit familier, et que celles d'entre vous qui franchissent aventureusement la barrière, soient des créatures maudites, insensées, perdues ; des esprits malades que l'on plaint en les condamnant.

Ceci est vrai sous un rapport : il ne faut pas que les femmes prennent l'esprit pour le cœur, et cherchent la science avant la vertu, la lumière avant l'amour. Mais qui éclairera le cœur, si l'intelligence ne préside pas à ses impressions les plus intimes ? Qui vous dira ce que c'est que la vertu, si la raison ne vous parle pas un langage que vous puissiez comprendre ? Qui vous enseignera ce qu'il faut aimer et comment il faut aimer, si vous n'obéissez qu'à de vagues instincts ; si vous suivez aveuglément le cours capricieux de vos rêveries?

L'intelligence, vois-tu, ne consiste pas à braver les lois du monde et à s'insurger fièrement contre le devoir : elle n'a rien de commun non plus avec ce pédantisme de bonne compagnie qui prétend tout savoir et tout juger ; avec ces habitudes maussades qui transforment une femme aimable en un sombre régent de collége, et ne lui permettent d'entrer dans un salon qu'escortée de professeurs et de disciples, le front haut, la parole décidée et brève, les mains et la bouche pleines de mémoires savants, de mots pompeux et de madrigaux.

Il y avait en Allemagne, à la fin du moyen-âge, un homme qui avait combattu avec Luther pour la réforme religieuse, une sublime figure de penseur et de philosophe, dont la sérénité angélique était parfois troublée par l'idée des désordres sanglants qui accompagnaient son œuvre, et qu'il aurait donné tout au monde pour prévenir. Mélanchton, au milieu des triomphes de sa cause, souffrait toujours et pleurait souvent ; mais Mélanchton avait une fille, et quand sa fille, assise sur ses genoux, levait ses yeux bleus vers son père, lui prodiguait de tendres caresses, essuyait doucement ses larmes avec sa robe blanche du matin ; alors Mélanchton recommençait à sourire ; alors Mélanchton se sentait heureux.

Dis-moi, mon amie, la fille du théologien allemand eût-elle ainsi consolé son père, si au lieu d'être une ignorante et faible femme, elle se fût posée, elle aussi, en philosophe et en prophétesse ? Et les facultés de son âme ne brillaient-elles pas d'un plus pur éclat, lorsqu'elle les appliquait à dissiper une douleur sacrée, que si elle les eût jetées à travers la fougue des partis et les querelles effroyables qui agitaient le monde autour d'eux ?

Ne proscrivons pas l'intelligence, mais ne la déifions pas ; car, autrement, nos femmes ne seraient plus que des Corinnes improvisant au capitole, ou des prêtresses de la raison, roulant sur un char à travers les rues, avec la robe des sybilles et le cortège confus des tribuns.

J'ai appris, depuis quelques jours seulement, que l'on s'occupait de te marier. Prends garde, mon enfant, c'est ici le moment le plus solennel de ta vie. Ne te laisse pas imposer un choix, car c'est toi qui épouses, et non pas d'autres ; mais ne te laisse pas dominer non plus par des entraînements secrets que tu n'aurais pas sérieusement approfondis. Rien ne trompe comme le cœur ; rien n'égare comme l'idéal. Le mariage n'est pas un roman, mais une histoire, et il faut que tout y soit réfléchi, durable et vrai.

Il n'y aura pas de mal à ce que l'homme qu'on te destine soit supérieur à toi en quelque chose. Deux êtres égaux s'aiment, mais sans amour. Puisque nous autres, nous nous croyons grands et forts, il faut que nous ayons quelqu'un à défendre et à conduire : il faut que vous soyez nos élèves, nos pupilles, et cela, à peine par nous d'être les plus ennuyés et les plus ridicules de tous les hommes.

J'ai souvent, à la dérobée et au moment où tu y pensais le moins, regardé attentivement au fond de ton âme : je sais ce que tu es et ce que tu vaux. Toute jeune fille, à moins que la contrainte des mœurs bourgeoises ne l'ait écrasée et anéantie, étonne et effraie par la vivacité incroyable de ses impressions. Le commun des hommes n'y voit que du feu, comme on dit : ce sont des étincelles qui éblouissent sans éclairer ; mais, à bien prendre, c'est dans cette vivacité même, et avec son secours, que l'on puise la science de ce que l'on veut connaître et prévoir.

Tu es bonne et aimante avant tout ; c'est là l'héritage de ta mère ; c'est là le don des fées que tu as trouvé dans ton berceau. Une parole dure te froisse et t'attriste ; une parole cruelle te briserait. Garde toujours, garde précieusement cette sainte virginité du cœur ; n'aie jamais honte de laisser deviner ce que tu éprouves ; il n'y a que le mal qui cherche l'ombre. Tu rencontreras bien des femmes méchantes et haineuses : évite leur contact, mais ne redoute pas leurs atteintes : il est possible que tu les forces, par ton exemple, toi la plus jeune et la plus faible, à être bonnes et à aimer.

Ceux qui t'auront entendu parler de choses sérieuses ou mêmes frivoles, te diront que tu as de l'esprit et peut-être du savoir. Moi, qui te connais, je t'accorde mieux que cela : l'esprit tient aux mots plus qu'aux choses : c'est un lutin qui aime à séduire et à briller : c'est une vive lumière qui jaillit de la bouche et du regard, mais qui s'éteint comme la fièvre, et ne laisse habituellement après elle que de la langueur et du repentir. Une femme d'esprit plaît aux sots, et le résultat qu'elle obtient ainsi ne vaut pas la peine qu'elle se donne. Ajoute à cela que l'esprit, avide de satisfactions nouvelles, en est bientôt réduit aux expédients pour alimenter sa verve insatiable, et qu'une femme d'esprit, si elle n'est essentiellement bonne, arrive promptement au dénigrement et à l'envie, pour pouvoir soutenir dignement le rôle périlleux que trop d'excitations l'obligent à continuer.

De même que l'esprit n'est le plus souvent qu'une affaire de mode et de coquetterie, le savoir, si réel qu'il soit, n'est, en définitive, qu'un effort de la mémoire et une conquête pénible du travail. Il peut vous mériter la considération et l'estime, il ne vous rendra ni meilleures, ni plus aimantes ; et la science humaine s'élève si peu, que quelques degrés en plus ou en moins ne peuvent être d'une grande importance dans la vie.

Tu seras, si tu le veux, savante chez toi et spirituelle dans le monde ; mais, ce que tu possèdes dès aujourd'hui, ce qui n'a eu besoin chez toi ni de surexcitation, ni d'étude, c'est la noble et immortelle faculté de l'intelligence. Les autres procèdent de la mémoire et de l'éducation, celle-ci procède de l'âme ; celle-ci naît avec nous et grandit avec nous : elle plane sur tous nos développements et sur tous nos actes ; elle est sœur de la moralité et de la vertu ; elle est fille de Dieu, tandis que les autres ne sont que de misérables enfants des hommes : elle nous appelle au sentiment du juste et du beau, quand les autres ne nous révèlent guères que les vanités de la vie et la désolation du néant.

Veille encore et laisse veiller ceux qui t'aiment sur ce trésor inépuisable qui est en toi. Je t'ai dit tout-à-l'heure en quoi il consistait ; je t'ai dit qu'il avait son siège bien près du cœur, et que ces deux moitiés de notre vie devaient concourir à former un accord plein de sérénité et de puissance. Le reste se réduit à certaines façons de penser, de parler et d'apprendre. L'intelligence seule sait s'entendre avec le cœur pour nous élever à la hauteur de notre tâche : à eux deux ils dominent tout ; à eux deux ils contiennent le nœud de la destinée et le plus auguste mystère de la création.

Je pourrais descendre avec toi de ce point de vue infini, et pénétrer dans le détail de ton caractère et de tes aptitudes ; mais ce pélerinage pieux à travers ta vie se fera mieux et plus promptement, lorsque nous pourrons voyager ensemble, et je t'avertirai alors à chaque pas de tous les aperçus qui me frapperont, et de toutes les gracieuses variétés de paysage qui se dérouleront à mes yeux.

J'attendrai aussi pour cela que tu m'aies fait connaître l'homme auquel on va t'unir. Quel qu'il soit il faut, qu'en te tendant la main, il sache quel dépôt on lui confie et quelle attention religieuse il doit apporter à l'accomplissement de ses devoirs. Songe de ton côté que tu dois accepter dans cet homme un frère et un ami, mais aussi quelque chose encore qui soit plus qu'un ami et plus qu'un frère. Aucune langue humaine ne saurait rendre ce que tu seras pour lui et ce qu'il sera pour toi. Les mots que nous avons créés n'ont d'autre signification que celle que nous leur donnons, et, quand vous serez deux, occupés ensemble à épeler les plus belles pages du livre de vie, vous aurez une facilité merveilleuse à leur trouver un sens que je ne puis ni deviner moi-même, ni t'indiquer même vaguement.

En t'écrivant, tu le vois, je n'ai d'autre but que de t'encourager à te replier sur toi-même, et à te rendre compte de tes impressions. Laisse-moi continuer cès causeries ; je les ferai sortir parfois du cercle un peu trop austère des questions morales, car il ne faut pas me laisser oublier que tu es une jeune fille, et que l'imagination, cette faculté moins céleste, mais non moins infinie que les autres, a chez toi une puissance qu'il serait imprudent et impie de méconnaître et de négliger. A un autre jour donc les choses de l'art, la musique, la littérature, la.poésie ; à un autre jour les antiquités et les voyages, les merveilles de l'industrie et de la nature. Tu verras si ton vieux correspondant a encore conservé quelques impressions d'artiste, et si la tendre affection que tu lui inspires ne le ramène pas, presqu'à son insu, aux prestiges enchantés de la jeunesse.

Old Goshawk.

VI.

Un matin, deux hommes étaient assis aux bords de la Manche, sur la quille d'un canot renversé et mis à sec par la marée. L'un d'eux passait en revue et ramassait dans son mouchoir quelques échantillons de bois fossile, et quelques tronçons de bélemnites, arrachés aux falaises escarpées de Port-en-Bessin : l'autre roulait dans ses doigts de minces cigarettes, et tous deux, les jambes croisées et la tête nue, humaient paisiblement les vapeurs salines, jouissant à la fois des aspects ravagés qui s'offraient à eux, et de cette fraîcheur pénétrante que la brise des rivages apporte en se jouant.

— Mais où donc voulez-vous en venir ? disait l'artiste en cigarettes. On vous envoie à Frileuse pour vous reposer, pour vous refaire, et voilà que Frileuse vous donne la fièvre ! On vous exile parmi les foins et les avoines, et vous trouvez moyen d'y récolter un roman ! On vous déporte sur une côte déserte, car j'y suis venu, sachant bien que vous y viendriez, et voici encore votre imagination qui travaille, votre cœur qui bondit comme une vague, vos yeux qui s'allument comme les deux phares de la Hève ! De grâce, mon ami, fumons ce Lattaquié, et soyez calme, ou nous vous enverrons soupirer aux Grandes-Indes.

Je suis venu ici pour me recueillir, dit Alfred, et si vous ne savez que vous moquer de moi, mon cher Raymond, vous pouvez aller au diable avec votre Lattaquié et vos épigrammes,

— Ce voyage fantastique ne me convient pas, mon pauvre poète. Je reste à vos côtés, je prétends vous guérir malgré

vous , et , puisque vous voulez parler raison , eh bien , cau-
sons un peu. Mon aquatique beau-frère nage en ce moment
comme un marsouin au soleil , et nous avons tout le temps,
moi de vous interroger, vous de me répondre.

Alfred se sentait sur la sellette: la confidence qu'il avait
faite à Raymond le gênait un peu : elle lui avait paru toute
simple à l'origine , parce qu'il n'y ajoutait peut-être pas lui-
même beaucoup d'importance ; mais , à mesure que ses impressions étaient devenues plus fortes et plus sérieuses , il
s'était repenti d'avoir parlé trop tôt ; il regrettait de ne pas
avoir gardé pieusement au fond de son cœur ce germe qui
avait grandi à son insu.

Raymond n'était , au reste , ni trop digne , ni trop indigne
de sa confiance. Accoutumé de bonne heure aux agitations
de la vie, il avait rapporté de ses escarmouches un coup-d'œil
assez sûr et une certaine vivacité de perceptions. Il y avait
surtout appris à se déterminer promptement et à agir de même.
C'était une sorte de sabreur moral , peu habitué aux réserves
diplomatiques et aux hésitations des ames timorées. Sa vue
n'allait pas loin , mais elle allait droit: transigeant plus
volontiers avec sa conscience qu'avec son besoin d'action ,
il eût fait bon marché d'un devoir pour se procurer une jouissance : s'il trouvait par hasard sur son chemin une œuvre à

faire, il l'accomplissait en moins de temps qu'il n'en eût
fallu à un autre pour en apercevoir la laideur ou la beauté.
La distinction du bien et du mal ne lui était pas familière ;
la dignité de soi-même lui était inconnue : c'était un homme
à l'état de nature, bon ou mauvais selon l'occurrence, dan-
gereux par fois : habituellement inoffensif, capable une fois
entre mille de prendre brusquement un parti généreux, et
fort impatient surtout des lenteurs de conduite et des incertitudes de caractère dont son ami Lautour lui offrait un
fâcheux exemple.

— Donc, Alfred, vous avez rencontré à Sérillac, une
enfant aux cheveux bruns, au teint rosé, à la taille élancée
comme un palmier des Natchez : vous avez cueilli avec elle
des myosotis et des champignons, vous avez lu des vers
ensemble ; ensemble vous avez chanté, avec ou sans accompagnement, des romances et des nocturnes... C'est là tout,
n'est-ce pas ?

— Mon Dieu ! oui, fit Alfred, avec une sorte de grimace
mélancolique.

— Vous avez comparé cette vie pastorale au remue-ménage
de la vie parisienne, et votre passion des contrastes vous a
fait oublier l'une pour vous attacher à l'autre. Votre lassitude
a été suivie de repos ; votre sommeil s'est peuplé de rêves ;

et vous en avez conclu que vous aimiez, que vous étiez aimé, peut-être ?...

— Oh ! non , interrompit Alfred , il ne m'est jamais venu à la pensée que je fusse aimé.

— Soit ! votre adoration n'en est que plus généreuse. Si vous ne vous êtes pas cru aimé , vous avez conçu l'espoir d'y parvenir : et , pour cela , sans compter les poses sentimentales , les lectures émues , les innocentes promenades dans les champs , vous avez vidé aux pieds de votre belle tout votre carquois littéraire ; vous lui avez écrit par la voie peu confidentielle du feuilleton ; vous avez touché délicatement ce jeune bouton de rose , pour l'exciter à s'épanouir. Mais , de grace , à quoi bon lui tant parler de devoir, de mariage ? à quoi bon tous ces frais de morale et de sagesse ? Que vous cherchiez à plaire , cela se conçoit ; mais que vous cherchiez à épouser, c'est ce qui me dépasse, et pourtant il n'y a pas à s'y tromper aujourd'hui.

— Vous êtes, mon cher Raymond, le lion le plus borné que je connaisse. Ne vous ai-je pas dit que ma contenance à Frileuse était des plus réservées , et ne savez-vous pas que mes lettres ne sont pas signées de mon nom ? Marie ne sait pas que je l'aime ; elle est même bien éloignée d'y penser ; et je n'ai eu d'autre but , en écrivant à la jeune fille , que

d'enrichir son imagination, d'éveiller ses impressions endor-
mies, de développer son intelligence. Si cette imagination
s'ouvre pour moi, si ce cœur commence à battre à l'unisson
du mien, si cette intelligence se forme et arrive dans le rayon
de la mienne, alors je serai là, alors je parlerai, s'il le faut...

— Et vous épouserez, n'est-ce pas, ô grand homme !

— Où donc serait le mal? reprit Alfred.

— Tenez, mon ami, vous me faites beaucoup de peine.
Vous prétendez éprouver les autres, et vous ne savez vous-
même qui vous êtes et ce que vous voulez. Il y a longtemps
que je vous connais, Alfred, et vous valez moins que votre
programme. Vous vous êtes jeté là, de gaîté de cœur, dans
une expérience périlleuse, et, comme ces savants amateurs
qui n'ont pas assez appris à manier les instruments dont ils
se servent, vous ne ferez, enfin de tout, que des pots cassés
et des meurtrissures. Nous n'avons été ni l'un ni l'autre,
croyez-moi, créés pour devenir époux et pères de famille.
Cela est bon pour mon beau-frère, et son anneau béni nous
siérait horriblement mal. Ne me faites, je vous prie, ni plus
immoral, ni plus Satan que je ne veux être. Il y a plus
d'honnêteté à se rendre justice et à s'abstenir qu'à tout perdre
pour satisfaire un vain esprit d'agitation et d'aventures. On
fait le beau et on se dorlotte dans un amour champêtre, puis

on se repent et on devient lâche : c'est ce qui ne m'arrivera pas, et ce que je vous conjure d'éviter, s'il en est temps.

— Vous envisagez tout cela avec vos yeux et vos idées, Raymond : et il y a en vous cette petite jalousie du professeur qui va perdre son meilleur élève. Attendez seulement un peu, et vous verrez ce qu'il sera advenu de vos prophéties.

— Nous verrons, dit Raymond, prenant un air de profondeur presque philosophique.

Et les deux amis allèrent rejoindre, sur la plage, M. de Frileuse qui arrivait du fond de l'eau, comme un dieu marin, les cheveux ruisselants, les yeux rouges et le corps entouré d'une large ceinture de varechs.

VII.

L'été de cette année, pluvieux et froid au commencement, semblait avoir gardé toute sa splendeur et tous ses rayons pour les journées voisines de l'automne. On eût dit que la canicule avait émigré au mois de septembre ; et la saison des bains s'était prolongée au-delà des limites ordinaires. Toutefois, à l'époque où Raymond et Alfred se trouvaient réunis sur la côte, la désertion se faisait déjà sentir, et le rivage de Luc redevenait une solitude assez morne que traversaient, à de rares intervalles , des baigneurs transis , des chasseurs de goëlands , des douaniers en veste verte , et des légions d'enfants , jouant avec les crabes attardées sous les pierres.

Alfred s'asseyait souvent , à quelque cent pas des habitations , sur le haut d'une falaise escarpée , regardant la mer monter, les lougres s'agiter sur leurs ancres , les mouettes, ces hirondelles de l'océan , voler, planer, tomber tout-à-coup perpendiculairement dans les flots , comme si un plomb meurtrier les eût atteintes , pour se relever bientôt en secouant leurs grandes ailes blanches. Le moindre accident de lumière , le plus simple épisode de la vie maritime , étaient pour lui un spectacle. Les nuages qui passaient sous le soleil promenaient sur la mer bleue de longues taches noires; et les voiles tendues à l'horizon , tantôt brillaient comme des nappes d'argent, tantôt se rembrunissaient comme des capes goudronnées : les pêcheurs aux jambes nues amarraient au rivage leurs canots chargés de butin ; le bonnet monumental des femmes normandes laissait aller au vent ses bavolettes de festons ; et des caravanes anglaises, hommes , femmes, enfants , domestiques , marchaient rapidement sur le sable, traînant après elles d'immenses silhouettes efflanquées.

L'aspect de la mer porte à rêver, et Alfred était l'homme du monde le mieux disposé à la rêverie. Il allait s'y livrer, ce jour-là, lorsqu'un griffon blanc, orné d'un collier de laine rouge, vint, en grimpant à travers les roches, jouer et courir autour de lui.

— Je connais ce chien-là, pensa Alfred.

— Djinn! ici, Djinn! cria une voix qui partait d'en bas.

Alfred se pencha, et il vit, au-dessous de lui, un groupe qu'il n'avait pas encore aperçu.

Au pied du rocher, une femme, dont la figure, jeune encore, était encadrée de cheveux parfaitement blancs, barbouillait sur la toile une vue marine, et, près d'elle, un homme, en robe de chambre à ramages et en pantoufles jaunes, dirigeait une lunette vers les côtes du Hâvre, et communiquait a sa compagne le résultat de ses découvertes.

Les yeux d'Alfred se rencontrèrent avec ceux de l'homme en robe de chambre.

— Je connais cet homme-là, pensa-t-il encore.

Mais l'homme avait relevé sa lunette, la femme peintre n'avait pas quitté des yeux son tableau et sa toile, et le griffon, moitié courant, moitié roulant, était revenu se blottir entre les jambes de son maître.

Alfred se préparait à descendre aussi, lorsqu'il fut rejoint par M. de Frileuse et son beau-frère, qui venaient de chasser dans la campagne. Raymond semblait préoccupé.

— Voici du nouveau, dit-il à Alfred, avec une sorte de mauvaise humeur : tout notre monde de Sérillac et de Frileuse arrive demain : on n'a pu se passer de nous, et on vient nous voir.

— C'est fort bête, ajouta M. de Frileuse; mais les femmes ne savent jamais rester en place.

— C'est plus que bête, s'écria Raymond; quoi qu'il en soit, il faut prendre les femmes et le temps comme ils viennent. Allons organiser leurs logements.

Et il s'empara du bras d'Alfred, qu'il retint en arrière, pendant que M. de Frileuse se rapprochait de la côte pour tirer sur quelques mouettes isolées.

— Avez-vous réfléchi? lui dit-il.

— A quoi? demanda Alfred.

— A votre amour de campagne, mon ami.

— Que vous importe?

— Plus que vous ne croyez. A propos, j'ai reçu une lettre de ma sœur.

— Que vous dit-elle?

Raymond hésita un instant, fit un mouvement comme pour prendre la lettre dans sa poche, puis se retint.

— Elle me charge de vous dire *bien des choses*, répondit-il.

— Merci, dit froidement Alfred, qui s'attendait à mieux,

et ne remarqua point l'espèce d'affectation emphatique avec laquelle Raymond prononça la formule banale dont la banalité même semblait, à son air, cacher quelque chose de mystérieux.

Et ils continuèrent leur chemin le long des dunes.

Les préparatifs ne furent pas longs ; nos trois voyageurs avaient , jusqu'à ce jour , occupé chez un paysan, deux chambres fort modestes , qui ne pouvaient plus leur convenir. On alla retenir plusieurs appartements dans le principal hôtel de Luc , et le déménagement se fit en un clin d'œil.

Il y a , dans cette hôtellerie , un salon commun , où l'on se réunit chaque soir ; un piano éreinté , quelques tables de jeu , une vaste cheminée autour de laquelle se rangent ceux qui n'ont rien à faire , et qu'infestent trop souvent les intarissables bavards des intérieurs de diligence et des tables d'hôte.

Alfred et Raymond venaient à peine de s'y établir, lorsqu'un groupe passa sous les fenêtres qui donnent sur la mer. C'étaient la femme peintre avec son griffon , l'homme à robe de chambre , portant son pliant d'une main et sa lunette de l'autre ; enfin , une troisième personne qu'un large burnouss enveloppait des pieds a la tête.

— J'ai vu ces gens-là quelque part , dit Alfred.

— Et moi aùssi, répliqua Raymond; ils sont ici depuis hier.

En ce moment les étrangers entraient dans la salle ; le griffon était resté à la cuisine ; la lunette et le pliant avaient été posés dans un coin : le burnouss fut jeté à son tour sur une chaise.

Alfred, en se retournant, et à l'aspect de la belle voyageuse qui venait de quitter son manteau, ne put retenir une exclamation de surprise.

— Flora ! s'écria-t-il, et il attira vivement Raymond, comme pour s'abriter derrière lui.

— Je le savais, fit Raymond.

Puis, se dirigeant, avec un air de courtoisie étudiée, vers le groupe des nouveaux arrivants :

— M. Prempain, dit-il à l'homme aux pantoufles jaunes ; pendant qu'Alfred saluait les dames, ne vous rappelez-vous donc pas mon ami Lautour qui faisait, l'hiver dernier, les beaux jours de nos réunions intimes ?

M. Prempain sembla sortir d'un rêve : il offrit gauchement sa main au jeune homme ; celui-ci l'effleura en s'inclinant ; et prit bientôt un prétexte pour quitter la salle commune.

Notre récit n'étant pas une énigme, il nous est indifférent de dire dès à présent ce qu'étaient les trois personnages en présence desquels nous nous trouvons, et comment ils nous apparaissaient à cette heure sur la plage de Luc.

Les liaisons que Raymond avait contractées à Paris n'étaient pas toutes des plus honorables. Cet homme ; avide de mouvement, n'avait choisi pour y poursuivre le but de sa vie, ni les sentiers ombreux des poètes, ni les grands chemins bourgeois de la foule. Il avait toujours couru à travers champs, brisant les obstacles, s'embourbant à plaisir dans les fondrières, et ne dédaignant pas de s'arrêter parfois à la porte des bouges ténébreux qu'il trouvait sur son passage. Un hasard de ce genre lui avait fait franchir le seuil de la maison Prempain.

M. Prempain n'avait pas toujours eu de robe de chambre à ramages et de pantoufles jaunes. Soldat recruté de vive force par la république, il avait fait en sabots ses premières campagnes : puis il avait déserté et s'était fait marchand nomade : son bagage s'était grossi peu-à-peu à l'aide d'une certaine industrie, et, après bien des fortunes diverses, il s'était trouvé, à l'âge de cinquante ans, en état de vivre de ses rentes et d'enrichir la première femme qui voudrait se résigner à partager son lit et à rétablir de temps à autre l'harmonie douteuse de sa coiffure. A l'heure où nous nous trouvons M. Prempain, quoiqué âgé de soixante ans à peine, était, grâce aux bons soins de sa femme, passé à l'état de momie : le griffon Djinn était sa société habituelle ; il ne figurait chez

lui que comme comparse , aux jours des représentions solennelles , et on l'eût renfermé dans un étui , en compagnie
de sa longue-vue qu'il affectionnait particulièrement , s'il eût
été utile de le faire pour ajouter à l'ombre de son néant ,
et prévenir un retour impossible de raisonnement ou de clair-
voyance.

Mme Prempain était, avant son mariage, une de ces femmes
qui passent pour veuves ; parce qu'elles ont une fille , et
parce qu'elles laissent toujours percer quelque chiffon de deuil
à travers les floritures de leur toilette , quelque parenthèse
larmoyante à travers leur conversation apprêtée. On l'avait
présentée à son mari comme la veuve d'un général quelconque,
et il l'avait épousé pour telle , sans se soucier de vérifier ses
titres , ou de se faire renseigner sur son origine. A peine
entrée dans la maison , elle s'en était emparée comme d'une
proie , qu'elle partagea d'abord avec un petit nombre de
privilégiés, et qui devint ensuite la curée d'une foule d'habitués
plus ou moins équivoques. C'étaient des soupers fins , suivis
de bouillotes infiniment prolongées , et , par intervalles , de
grands *routs* chauds et bruyants , où l'on jouait gros jeu,
et où , à côté de certains novices dont l'innocence protégeait
le reste, se déroulait une collection de personnages pro-
blématiques comme Paris seul sait en produire. Telles étaient

les réunions prétendues intimes dont parlait Raymond : mais , ce qu'il y avait de plus merveilleux , c'est que la maison Prempain ne perdait rien à ces exhibitions retentissantes , et que la mince fortune du logis prenait au contraire , chaque année , un accroissement des plus rapides.

Raymond s'était , on ne sait pourquoi ni comment , affilié à cette confrérie , et il y avait entraîné Alfred , pour lui apprendre , disait-il , à connaître les hommes , et à dessiner ses héros de roman d'après nature. La première impression d'Alfred avait été une impression de dégoût ; puis il avait vu rayonner , au milieu de ces ténèbres , une éblouissante figure , celle de Flora ; il s'était senti fasciné ; il avait fomenté en lui-même ce qu'il croyait être une passion , à l'aide de ses rêveries d'artiste et des modèles enivrants qui avaient posé pour lui dans les livres. Flora , belle par elle-même , et plus belle encore par la laideur de son entourage , avait conquis en peu de temps le cœur du poète : celui-ci l'avait aimée comme on aimait il y a dix ans , lorsqu'on arrivait à la vie réelle , tout frotté de romantisme , tout pavoisé de chevelures ruisselantes , de mantilles de soie et de clinquant oriental ; et , peu propre à examiner ce que cette femme lui abandonnerait en échange , il avait jeté à ses pieds , dès le premier jour , tout ce qu'il y avait en lui de volonté et d'inspirations vers l'avenir.

Flora, que ses instincts et une certaine noblesse de nature plaçaient bien au-dessus de ceux qui vivaient auprès d'elle, avait promptement distingué le jeune homme éminent qui la cherchait sans cesse du regard : elle lui avait été bonne ; elle avait paru le remercier au fond du cœur de sa secrète préfé-rence, et accepter comme un bienfait cette attention pas-sionnée, qui la relevait à ses propres yeux. Alors avaient commencé des amours ardents, à la flamme desquels la vie encore tiède et molle d'Alfred s'était développée à l'excès; Comme les enfants dont la croissance se fait trop vite, cette organisation incertaine encore avait grandi démesurément dans l'intervalle de quelques accès de fièvre : son intelligence poétique s'était manifestée tout-à-coup par des éclairs suivis d'orages, et sa double initiation aux choses littéraires et aux choses du monde, s'était accomplie brusquement sous ces énergiques influences.

La fascination durait encore, au moment où Alfred prit le parti de se réfugier à la campagne : mais déjà ses dispositions intimes et, si je puis dire, les conditions de sa température morale s'étaient sensiblement modifiées. L'esprit de Flora était essentiellement dominateur; celui d'Alfred était empreint par-dessus tout d'indécision et de faiblesse ; et, néanmoins, les révoltes n'en étaient que plus fréquentes et plus terribles.

Il sentait instantanément, à l'aide d'une lucidité fébrile, que la flamme, qui vivifie à distance, brûle et consume lorsqu'on s'en approche de trop près. La première caresse de Flora avait fait épanouir en lui mille facultés inconnues ; mais sa dernière étreinte avait failli les étouffer, et Alfred était de ceux qui tiennent moins aux richesses du cœur qu'aux trésors de l'intelligence. D'ailleurs, il comprenait aussi que le cœur lui-même se calcinait au fond de cette fournaise tumultueuse; il se comparait aux coupables du moyen âge dont l'épreuve par le feu proclamait la faute, et il voyait un jugement de Dieu dans cet énervement maladif, dans cette consomption graduelle du cœur et de l'âme dont il rencontrait toujours en lui les mornes symptômes, aussitôt qu'il avait traversé les limites extrêmes de la passion.

Rendu à lui-même, Alfred, par une contradiction de son caractère, avait d'abord regretté amèrement les jours passés auprès de Flora. Le sentiment du vide le poursuivait en tous lieux : c'étaient les pâles nuits du pôle après le soleil de la ligne ; le silence du désert après les agitations du champ de bataille. Sans doute, le spectacle de la nature lui apportait des consolations pleines de fraîcheur : mais il fallait une voix humaine pour parler à cette imagination parfois étrange ; il lui fallait une main pour le guider ; un bras pour le soutenir aux heures de défaillance; un regard ému pour nourrir, en la contenant, cette lueur toujours prête à s'égarer ou à s'éteindre.

Il en était donc à se repentir de sa désertion, à revenir de vague en vague et de détour en détour, jusqu'au courant impétueux qui devait le ramener à Flora, lorsque Marie lui apparut au milieu des fleurs et des vertes aubépines. La vue de cette jeune fille, le calme qui l'entourait, le parfum d'innocence qui émanait d'elle, le pressentiment confus d'un bonheur céleste qu'il n'avait jamais goûté jusqu'alors, firent prendre une autre direction à ses idées. Le fleuve changea de lit; comme il l'écrivait à Raymond : le blasphème de Faust se tut devant la prière de Marguerite; l'imagination, harassée par l'orgie, se reposa doucement parmi les roses des champs; et l'esprit, qui s'était cru un instant frappé d'impuissance et de mort, s'ouvrit à une lumière nouvelle, et sortit, frais et dispos, comme le vieil Ulysse, du bain salutaire de son Odyssée.

Raymond avait laissé Alfred quitter Paris, avec la croyance qu'il reviendrait, après une retraite de peu de jours. La phase sentimentale dans laquelle son ami venait d'entrer ne lui avait donné d'abord aucune inquiétude; puis il s'était étonné de sa persistance, et, tout en plaisantant Alfred, il avait aussi songé à Marie ; il s'était rappelé qu'il l'avait vue toute enfant ; il s'était senti pour elle, au fond de l'âme, une sorte d'affection sereine, la seule peut-être de ce genre que cet homme, dégradé aux trois quarts, mais bon en quelques points, eût éprouvée depuis la mort de sa mere. Alfred, à ses yeux, n'était capable que de tourner élégamment autour d'une passion sans s'y arrêter jamais : il lui eût sacrifié dix Flora sans scrupule ; mais il ne pouvait oublier enfin que c'était lui qui avait envoyé Alfred à sa sœur ; que c'était lui encore qui s'était fait son entremetteur littéraire : il se disait que, sans lui, Marie ne l'eût jamais rencontré, n'eût jamais été exposée à l'aimer en ce monde ; et l'idée seule qu'elle pourrait en souffrir le tourmentait déjà comme un remords.

Obéissant à ces craintes peut-être chimériques, Raymond était venu au bord de la mer ; il y avait attiré Alfred, il y avait fait venir Flora : un rapprochement entre ces deux êtres lui semblait préférable à toute autre chose, et il avait compté sur l'ascendant de la nymphe parisienne, sur la faible nature d'Alfred, sur l'autorité de sa propre parole, pour remédier au mal dont il redoutait les conséquences.

La lettre de Mme de Frileuse, son voyage imprévu et celui de ses voisines, compliquaient la question, et le jetaient dans des embarras dont il cherchait vainement l'issue.

Tout-à-coup une idée lui vint, et il s'y attacha, sans se donner le temps de l'approfondir. Il emmena dans un coin de la salle commune Mme-Prempain et sa fille, leur parla bas durant quelques minutes, et les conduisit jusqu'à la porte.

— Pourquoi pas demain ? disait Flora.

— Ce soir, il le faut ! vous avez une heure devant vous.

— Et après ?

— Je vous ferai un signe, et vous reviendrez.

M. Prempain, qui n'entendait rien à tout cela, mais qui se prêtait aux évolutions les plus diverses avec la docilité d'un conscrit sous les armes, ramassa une dernière fois son pliant et sa lunette, et la porte se referma sur les voyageurs.

Une heure après, Raymond sortait à son tour, lorsqu'il se trouva nez à nez avec Alfred, qui avait attendu la nuit sur la plage.

— Raymond, dit celui-ci, vous êtes un infâme ! c'est vous qui avez fait venir ici Flora et son ignoble mère, c'est vous.

— Calmez-vous, Alfred, et écoutez-moi : Flora est partie, et elle sera demain au Havre.

Le visage du poète se rasséréna : toutefois un doute l'agitait encore.

— Mais pourquoi était-elle à Luc ?

— Que sais-je ? répliqua Raymond, avec un demi sourire

presque candide ; elle vous aimait , et elle est venue : votre accueil lui a fait croire que vous ne l'aimiez plus ; et elle est partie. Flora vaut mieux que vous , mon ami. Bonsoir.

Et il rentra brusquement au salon.

Alfred passa une nuit sans sommeil.

VIII.

Le lendemain , au point du jour, il quitta sa chambre , donna un regard au soleil qui se levait, à la mer qui montait , à toute la nature maritime en mouvement , et s'engagea dans la route nue et sablonneuse qui devait amener les voyageurs. Le clocher de Luc , situé à un quart de lieue du rivage , le tenta par la sévérité des tons de la pierre , l'antiquité des arceaux qui le décorent , la galerie crénelée qui en forme le faîte. Il monta à ce clocher, s'assit entre deux créneaux , et attendit. Le poète aurait perdu un peu de l'enthousiasme que lui inspiraient cette ascension et cette védette romantiques , s'il eût pu savoir que l'État-Major et le Cadastre avaient , bien avant lui , pris possession du même point , pour se livrer, de cette hauteur, aux ennuyeux tâtonnements de leurs cartes topographiques et de leurs plans parcellaires.

Grace à son excessive vigilance , Alfred attendit longtemps : mais ces heures de faction ne furent pas perdues pour le cœur et pour l'imagination du poète : il commença par les débarrasser de cet attrayant fantôme de Flora, dont l'évocation était encore pour lui un mystere.

— J'ai aimé Flora, et elle m'aime encore, se disait-il, mais son temps est fait : je l'ai éprouvé hier, à la répulsion que sa vue soudaine m'a inspirée ; je l'éprouve ce matin, à la satisfaction que me cause son départ. Si c'est Raymond qui l'a amenée, il a réussi au-delà de ses vœux, peut-être : il me fallait cette dernière épreuve pour dessiner en traits ineffaçables le changement profond qui s'est opéré en moi.

Adieu donc, ajouta-t-il avec un véritable accent de triomphe : adieu au démon qui s'en va, et salut à l'ange qui arrive ! Je l'épie du haut de ma tour comme on épie un messager de joie, et l'aurore de cette journée ressemblera pour moi à l'aurore d'un bonheur sans fin.

Il y a, dans la vie, des heures propices où l'on dirait que les âmes se renouvellent, et recommencent avec ardeur, comme Pénélope, la trame qu'elles ont défaite au sein de leurs nuits douloureuses. Quels que soient les chocs qui les aient heurtées, quelles que soient les taches qui les aient salies, elles se sentent, malgré tout, jeunes, fortes et pures, marchent avec une agilité merveilleuse sur les ruines de leur passé, et aspirent trop pour songer à se souvenir. Le gracieux mensonge du Léthé est encore une vérité pour bien des êtres vivants : ils n'ont qu'à se recueillir un peu, à mettre les deux mains sur leurs yeux et sur leurs fronts, à se laisser endormir par une illusion nouvelle, et, la jeunesse aidant, ils confondront bientôt dans un même oubli leurs vieilles douleurs et leurs derniers songes, s'en iront gaîment par le premier chemin qui s'ouvrira devant eux, et tendront la main à l'avenir avec la gaucherie d'un novice et la naïve confiance d'un enfant.

A neuf heures environ, un bruit lointain de voitures fit brusquement abandonner à Alfred sa pose contemplative : il prêta l'oreille, maudit les arbres et les maisons entre lesquels se perdait la route, et n'aperçut les voyageurs que lorsqu'ils furent arrivés à une faible distance de l'église. Ils étaient à pied, et les domestiques conduisaient leurs voitures restées à vide.

Madame de Frileuse et Raymond, qui avait devancé Alfred, ouvraient la marche et causaient à demi-voix. Venait ensuite madame de Sérillac, tenant par la main la plus jeune des filles de son amie, et Marie courait çà et là avec l'aînée, son chapeau renversé derrière la tête, comme une cape de moine, les cheveux au vent, le rire sur les lèvres et la joie dans les yeux.

Du haut de son clocher moyen âge, Alfred, bientôt revenu de la contrariété que lui avait causé l'empressement de Raymond, contemplait avec ravissement ce petit tableau de famille. Quoique placée à l'arrière-garde, Marie le signala la première.

— Voici M. Alfred ! cria-t-elle, en accourant auprès de madame de Sérillac.

L'avant-garde s'arrêta, et tous les yeux se portèrent vers la tour, que Marie indiquait de la main. Alfred leur envoya plusieurs saluts affectueux, et descendit lestement l'escalier tournant de l'église.

Au même instant, M. de Frileuse arrivait par la route de la mer ; en sorte que la nouvelle et l'ancienne colonie n'en firent bientôt plus qu'une, qui se dirigea lentement vers la côte.

Il y a, du bourg de Luc à la mer, un sentier qui s'embranche avec la route empierrée, passe entre une marre entourée d'arbres et les murailles d'une habitation confortable, traverse ensuite des champs soumis à la plus riche culture, et conduit directement au bord de l'eau. Ce fut ce sentier que prirent nos piétons, pendant que leurs équipages suivaient la voie la plus praticable et la plus longue.

Le sentier est étroit, et permet à peine à deux personnes d'y marcher de front. M. de Frileuse jouait avec les enfants,

Raymond causait toujours avec sa sœur, et Alfred donnait le bras à madame de Sérillac. De temps à autre, Marie se rapprochait de sa mère, toute heureuse de la voir grimper sur les talus, sauter aux branches des ormes, appeler de loin cette belle nappe bleue qui s'étendait à l'horizón.

— Que c'est beau, disait-elle avec sa petite voix caressante : mais où donc finit la mer, monsieur Alfred?

Et Alfred riait en tâchant de lui expliquer tout ce qu'il y avait d'infini dans ce lac azuré, que chaque pas en avant leur faisait mieux découvrir.

Marie avait une exclamation pour toutes les voiles qui passaient au large, pour tous les oiseaux inconnus qui volaient devant elle, pour tous les coquillages dont elle ramassait les débris. Et quand on eut atteint le sommet de la falaise, cet enthousiasme, que l'on eût cru épuisé, éclata de nouveau en folles expressions de contentement et de surprise.

Les ravissements d'Alfred avaient une autre source, mais ils suivaient la même progression croissante. Les moindres mouvements de Marie attiraient son attention sympathique : il eût voulu être peintre pour saisir, dans ses élans spontanés, l'image de cette jeune fille aux prises avec toutes les splendeurs et toutes les majestés de la nature ; mais il n'était que poète, et dut se contenter des facultés qu'il avait reçues.

A Frileuse, il avait déjà mis à profit les impressions toutes nouvelles qui étaient venues l'émouvoir ; aux bords de la Manche, il avait continué de sacrifier à la Muse, et l'arrivée de Marie lui permit d'achever sa moisson.

Chaque matin, il descendait sur la plage, se promenait seul, ou prenait un bain. Le bain, pour Alfred, n'était pas une simple ablution ou un exercice salutaire. Il mettait un certain orgueil à dompter les lames soulevées, une certaine volupté à se laisser bercer à leur surface : là, comme ailleurs, il poursuivait l'idéal à travers les traditions de la poésie et du roman. Bien différent de ces honnêtes bourgeois, qui, attendent le flot sur une chaise, emprisonnent leurs cheveux ou leur perruque sous une calotte de toile cirée, et adaptent à leur front une visière verte, il se jetait dans l'eau avec une sorte de fureur impétueuse, faisait, pour gravir une vague, plus d'efforts qu'il n'en eût fallu pour atteindre au sommet d'une montagne, se fatiguait en quelques minutes, et revenait au rivage, plus fier que lord Byron après sa traversée d'Abydos.

Ensuite, il avisait sur la côte le premier matelot venu, ne se laissait désenchanter, ni par sa physionomie ronde et champêtre, ni par son vulgaire gilet de laine, ni par son patois fort peu harmonieux ; le transformait bien vite en

Mazaniello ou en pêcheur des lagunes, cherchait dans son répertoire maritime les mots les plus pittoresqués, empruntés à Cooper ou à Eugène Sue, et s'apercevait à peine qu'il ne produisait aucune impression sur l'esprit d'un interlocuteur qui ne le comprenait pas.

Rentré chez lui, il mettait au net ses observations et ses notes de voyage, dont il réservait le trésor pour un éditeur futur. Nous transcririons ici quelques-uns des innombrables sonnets, élégies, méditations, barcarolles, que Marie, la campagne et l'océan inspirèrent à M. Lautour, si cinq cents exemplaires, imprimés avec luxe, et en un seul tirage, n'en avaient paru sous l'étiquette fallacieuse de trois éditions successives. On nous permettra également d'abréger notre conte, en nous dispensant de reproduire les quelques nouvelles *lettres à une jeune fille* que, fidèle à son programme, Old Goshawk envoya à la *Gazette des Femmes*, et que nos lecteurs trouveront en feuilletant, à leur loisir, la collection de ce recueil. L'homme nous intéresse plus que l'écrivain, et son histoire pourra d'ailleurs, au besoin, servir d'introduction à ses œuvres.

La recette employée par Alfred pour éveiller le cœur de Marie ne lui coûtait que peu d'efforts. Il y avait dans son caractère quelque chose de doux et d'indolent, et il ne sor-

tait point de son caractère : il voulait être aimé, et il se
contentait de le vouloir, sans affecter les élans passionnés de
quelques-uns, ou sans recourir aux formules maniérées et
tendres que d'autres prodiguent à l'excès, en vue de se
rendre aimables.

Pénétré de l'idée que la jeune fille venait à lui, il semblait
ne pas faire un pas pour se rapprocher d'elle ; il se laissait
aimer sans mot dire, profitait de sa petite renommée de grand
homme pour prendre des airs distraits ou profonds, et, sous
prétexte de ses goûts retirés et solitaires, choisissait le lieu
et l'heure où Marie pourrait le voir, debout sur une falaise,
comme le vieux trappeur d'Amérique, ou perché sur une
tour isolée, comme au jour de l'arrivée des dames aux bords
de la mer.

Marie subissait en enfant toutes ces influences. Alfred
était devenu pour elle un génie familier et bienfaisant. Dans
les dernières lettres que son journal lui avait apportées, elle
avait clairement reconnu sa main ; et elle les relisait toutes,
comme elle aurait lu des lettres d'amour, admirant la fraîcheur des idées, la beauté du style, la saine moralité des
préceptes : il fallait être bien noble et bien bon, se disait-
elle, pour écrire et penser ainsi ! une femme serait bien heureuse de passer toute sa vie dans ce paradis de sagesse, de
mélodie et de lumière !

Quand elle le voyait de loin , son cœur l'appelait , et , s'il revenait par hasard ; elle se figurait qu'un ange voilé lui avait porté son message : quand elle était assise près de lui , elle écoutait avec ravissement ses moindres paroles , trouvait une grace ineffable dans ses moindres gestes , et ne s'endormait jamais sans avoir mêlé son nom à ses prières. Il n'eût eu qu'un mot à dire , et tout le secret de la jeune fille fût tombé en son pouvoir.

Alfred en devinait au moins la moitié , mais il ne se pressait pas de déchirer le rideau du temple; il aimait le voluptueux repos de cette halte heureuse : c'était pour lui un moment presque divin que cette hésitation de deux âmes entraînées l'une vers l'autre, de deux bouches prêtes à laisser échapper un même aveu, de deux mains qui allaient s'entrelacer au premier signe. Il eût fait plusieurs volumes de roman intime avec les seules émotions de cette Genèse.

Ce fut alors qu'en cherchant , un matin , je ne sais quel instrument de pêche que Raymond l'avait prié d'aller prendre sur son bureau , il trouva la lettre que celui-ci avait reçue, quinze jours auparavant, de madame de Frileuse , et voici ce qu'il lut rapidement dans cette lettre :

« Écoute maintenant, mon bon frère, un secret important que je veux te livrer : M. Lautour est venu ici , comme tu sais ; tu sais aussi combien il est bon, distingué, spirituel, attentionné pour tout le monde ; Marie s'en est aperçue la première : elle l'a vu souvent ; elle s'est mise à l'aimer comme une petite folle, et n'osant trop en parler à sa mère, elle m'a choisie pour sa confidente ; elle l'aurait conté tout aussi bien à la douzaine de pensionnaires dont elle nous dit chaque jour les noms, les bonnes qualités et les toilettes. Je ne te répèterai pas tous les charmants enfantillages qu'elle me débite avec une chaleur que je ne lui aurais pas soupçonnée : elle en perd la tête, elle en tomberait malade, et c'est surtout pour elle que j'ai mis sur le tapis le voyage de Luc. Madame de Sérillac me fait peur à moi-même avec ses préjugés de richesse et de famille : j'ai voulu tâter le terrain ; il y a peu d'espoir : pourtant, si M. Alfred, qui lui plaît déjà, mérite tout-à-fait ses bonnes graces ; si, comme cela est certain, la passion de Marie (passion est le mot) ne fait que croître et embellir ; si, toi aussi, tu nous viens en aide, il faudra bien une conclusion à tout ceci. Parle donc à M. Lautour, dis-moi ce que tu en penses, et aide-moi à marier ces enfants, qui me semblent bien dignes l'un de l'autre : ce sera une bonne œuvre dont, un peu plus tard, madame de Sérillac elle-même nous saura gré. »

Chose étrange dans l'histoire du cœur de l'homme, Alfred

fut surpris et attéré par la lecture de cette lettre, qui lui apprenait pourtant bien peu de chose. Le mot de son énigme était trouvé, et cette découverte l'affligeait comme un malheur. Depuis ce jour, il se tint encore plus à l'écart, se retrancha derrière une froideur inaccoutumée, et vit, sous un tout autre aspect, le mirage doré dont il avait paru subir la fascination.

— Qu'est-ce enfin que Marie? se disait-il, avec cette franchise nue et désolante qui préside à nos entretiens avec nous-mêmes : une jeune fille douce et bonne, pleine de santé, de fraîcheur et de joie : mais une femme grande, élevée, éloquente au cœur, comme dit un confrère, où suis-je allé la chercher sous cette enveloppe transparente? J'ai voulu éveiller en elle l'intelligence, et rien n'a paru ; je lui ai parlé d'art, et elle m'a répondu fleurs et broderies ; je lui ai prêché le devoir, et elle aura traduit mes leçons en phrases de catéchisme! Que diable ferais-je, à Paris, de cette Géneviève mariée et mère de famille? Chacun de mes amis m'enverrait un biberon le jour de ma fête : je deviendrais électeur et juré, sous le bon plaisir de M. le préfet, marguillier même, s'il plaisait à Dieu ; j'aurais des gentilshommes campagnards pour cousins, et une belle-mère blasonnée sur toutes les coutures : Balzac ajouterait, en mon honneur , un chapitre inédit à sa *Physiologie du mariage* , c'est-à-dire à sa *Physiologie du ridicule.* »

Alfred se disait encore beaucoup d'autres choses , et sa contenance se ressentait de ses préoccupations. Mais tout passait sur le compte de son originalité habituelle , et il n'y avait à Luc qu'un seul regard qui pût lire dans son âme , et qui s'attachât , à son insu , à suivre les évolutions de sa pensée.

IX.

L'océan est beau surtout le soir, lorsque le vent s'apaise, et que la vague veut s'endormir. Les teintes s'effacent peu à peu ; le ciel , la mer et les rivages confondent leurs lignes incertaines : un goëland crie sur le rocher ; un pêcheur chante sur la dune ; un vague frémissement court le long des côtes , et le douanier, ombre inerte et disciplinée , croise les promeneurs , ombres fantasques et pourtant recueillies.

Par une de ces soirées fraîches et calmes, Alfred , qui était sorti immédiatement après dîner pour lire , au coucher du soleil , des lettres apportées par le courrier du Havre , et qui ensuite avait erré longtemps seul , crut voir, au sommet de la falaise, théâtre isolé de ses fréquentes méditations , un groupe silencieux dont la nuit voilait les détails et les contours. En approchant, il se trouva au milieu de ses amis de Sérillac et de Frileuse ; mais, au lieu de répondre à son salut, d'ailleurs prononcé fort bas et comme mélangé de tristesse, on l'accueillit par un chut général, pareil à ceux qui errent sur les bancs de la chambre législative, lorsqu'un orateur aimé paraît à la tribune.

Alfred prêta l'oreille comme les autres, et il entendit bientôt une mélodie étrange qui venait de la pleine mer. On eût dit par instants que c'étaient des voix enchanteresses, et, le moment d'après, les sons pénétrants et doux de plusieurs harpes éoliennes. Cette sérénade maritime devait s'exécuter à une grande distance, car elle arrivait souvent indistincte, à moins qu'emportée par le flot et par la brise, elle ne vînt échouer, claire et sonore, au milieu des phosphorescences du rivage.

Tous écoutaient, et tous cédaient au charme de cette musique mystérieuse. Le poète surtout était ravi : il lui semblait que l'océan chantait avec les étoiles, et que la voix de Dieu et des anges venait se mêler aux plus caressantes voix de la nature : il sentait un écho vibrer en lui ; il eût répondu volontiers « J'y vais ! » à cette mélodie qui le frappait comme un appel, et, si le Pégase ailé des anciens poètes lui eût présenté alors sa croupe mythologique, il se serait élancé impétueusement à la recherche de ces harmonies inconnues.

Au moment où elles allaient se taire, il se fit un grand bruit et une grande lueur sur l'océan. Des gerbes de feu montaient vers les nuées, des flammes bleues et roses se répandaient à la surface, et, au milieu de tous ces prestiges, un yacht, pavoisé de vives couleurs, un yacht aux formes sveltes et élégantes, couvert de matelots, de musiciens et de femmes, se balançait en déployant ses voiles, sur la crête d'une vague lumineuse.

Quelques secondes s'étaient à peine écoulées, qu'un silence profond et une obscurité impénétrable régnaient sur la terre et sur l'océan.

— Bravo! bravo! crièrent à la fois Raymond et M. de Frileuse; bravo le yacht! bravo les musiciens! bravo le feu d'artifice!

— Et le poète? où donc est notre poète? continua le beau-frère de Raymond. Quels beaux vers il va nous faire là-dessus?

Alfred n'était plus là, et le groupe regagna sans lui l'hô-tellerie.

Le lendemain matin, Raymond le trouva sur le rivage,

une lunette à la main, et sondant les profondeurs de l'horizon.

— Que diable avez-vous ainsi à regarder la pleine mer, mon cher Alfred? lui dit-il, en lui frappant familièrement sur l'épaule. Avez-vous hérité des goûts et de la lunette de M. Prempain?

A ce nom, Alfred devint pâle, et, sans dire mot, il montra à Raymond, du bout de l'instrument, un point noir qui se perdait dans le lointain.

— C'est, ma foi! dit Raymond, après avoir feint de chercher la direction qu'on lui indiquait, c'est le yacht philharmonique d'hier soir, le vaisseau des sorciers et des syrènes. Ne vous a-t-il pas semblé, Alfred, voir la riche taille de Flora se dessiner sur le pont, au milieu des flammes et des sérénades? Il y a là un mystère que je serais curieux d'éclaircir. Si vous le vouliez, vous qui aimez les aventures, nous irions tous deux, pendant que nos dames dorment encore, à la découverte de ce conte de fées.

A la proposition imprévue de son compagnon, Alfred tressaillit visiblement. Depuis bien des jours, Raymond était devenu discret et presque mystérieux dans ses rapports avec le jeune homme. En toute circonstance, il eût accepté son offre avec empressement. Sauf la peur des nausées et de leurs accessoires, Alfred aimait ces courses maritimes. Il lui était agréable de laisser aller ses cheveux au souffle de la brise, de se poser à l'avant d'une barque, pareil à l'une de ces statues de bois peint qui les décorent quelquefois, et d'évoquer, dans cette attitude, les plus poétiques créations d'Ossian, de Lord Byron et de Lamartine. Mais, à cette heure, et pendant que Raymond parlait, sa figure avait pris une expression rapide d'étonnement, de perplexité, de défiance. Il était en proie à je ne sais quelle lutte intérieure, et, comme toutes les natures incertaines, il faisait sur lui-même, au moment de prendre un parti décisif, un doulou-reux et suprême effort.

Enfin la volonté vint à son aide : un éclair mêlé d'hé-roïsme, de fatalité, de désespoir, brilla dans ses yeux : il les laissa errer des persiennes closes de l'hôtellerie aux falaises brumeuses des environs, et des falaises à l'océan, sur lequel le point immobile, qu'il n'avait cessé d'épier depuis l'aurore, semblait grandir avec le jour : puis, saisissant le bras de Raymond :

— Allons ! lui dit-il.

Et les deux amis descendirent silencieusement au rivage.

Un mouvement inaccoutumé fixa aussitôt leur attention. Plus de vingt barques étaient à flot, couvertes d'hommes, de filets, de provisions : des femmes et des enfants faisaient

leurs adieux à leurs maris et à leurs pères : le tout était
bruyant, confus, animé ; et les longs cris cadencés de la
manœuvre y ajoutaient leur harmonie.

— Qu'est-ce donc? maître Pierre, dit Raymond, en abor-
dant gaîment un vieux marin, qui paraissait être le chef de
l'expédition.

— Ne le voyez-vous pas? nous partons *toutes !* fit le
matelot, avec une expression d'enthousiasme, qui vint illu-
miner une figure mâle, entourée de longs cheveux blancs.

Maître Pierre Pastey était le doyen des pêcheurs de Luc :
c'était un vieillard vigoureux encore ; il était resté fidèle aux
bonnes traditions, mettait un certain amour-propre à ne
modifier en rien son costume des anciens jours, et, s'il
n'allait plus pêcher le hareng ou la morue dans les mers du
nord, il s'occupait à quelques courses de petit cabotage, et,
dans ses jours de loisir, amorçait tranquillement les lignes
monstrueuses qu'il tendait sur les rochers à la marée basse.

Maître Pierre avait longtemps été syndic des associations
de pêcheurs. Son crédit avait survécu à leur dissolution, et
les marins du voisinage le considéraient encore comme leur
chef. C'était un homme de ressource et de bon conseil, qui
avait pour sa profession un véritable fanatisme, aimait ses
barques comme ses enfants, et s'identifiait tellement avec

elles, qu'aux jours des expéditions générales, il faisait entendre, sans la moindre hésitation, l'exclamation solennelle
qui lui avait servi de réponse à son interlocuteur.

— *Toutes!* reprit Raymond : ceci tombe bien mal, car
nous voulions, mon ami et moi, vous en demander une,
pour courir un peu la mer de notre côté.

— Eh! bien, venez avec nous, jeunes gens, dit le pêcheur : vous partagerez notre banc et notre pain bis, et vous
n'aurez pas besoin d'user vos mains parisiennes à diriger la
voile ou à manier les rames. Par exemple, ajouta-t-il, en
jetant à Raymond un regard d'intelligence, nous ne nous
chargeons pas de vous ramener.

Alfred regarda attentivement ces deux hommes, puis,
adressant à son tour la parole au vieux marin :

— Nous dirigerons-nous vers le yacht qui est en vue? lui
dit-il à demi-voix.

— Nous lui toucherons la main en passant, jeune homme!
Cette coquille de noix paraît fringante, et nos marsouins des
côtes sont toujours polis avec les demoiselles de bonne
maison.

— Allons, en route! dit Raymond. Quant au retour, nous
en causerons tout-à-l'heure : la Bohême va toujours en avant.

Cela dit, les ancres furent levées, et le convoi se mit en
marche.

Le soir de ce même jour, et pendant que les différents personnages de cette histoire, restés à Luc, attendaient vainement, du haut de la falaise, les mélodies et les lueurs merveilleuses que l'océan leur avait envoyées la veille à pareille heure, une chaloupe, inconnue aux gens de Luc, déposait sur le rivage, au pied même du rocher, un homme seul, enveloppé d'un manteau, et dont les traits, loin de porter la trace d'une inquiétude ou d'un remords, respiraient au contraire, peut-être pour la première fois depuis longues années, ce contentement grave et réfléchi que donne le sentiment d'une bonne action.

L'homme au manteau s'élança, sans être vu, et en faisant un détour, vers le groupe rêveur qu'il avait distingué dans l'ombre. Une personne s'en était détachée à son approche. Il l'attira à quelques pas, dans un ravin étroit, formé à la longue par les ravages des grandes marées.

— Parti ! lui dit-il à voix basse.

— Pour ne plus revenir ?

— Pour ne plus revenir.

— Dieu vous juge, mon frère ! vous savez mieux que moi ce que vous avez fait; mais il y a, près de nous, une pauvre enfant qui vous devra bien des larmes.

X.

CONCLUSION.

Certains lecteurs consciencieux et par trop avides ont la manie des conclusions. Une fois le rideau baissé sur une œuvre qu'ils auront eu l'indulgence de suivre jusqu'au bout, il leur faut le pourquoi et le comment de toute chose : ils ont vu vivre un instant quelques personnages plus ou moins réels, et ils ne sont contents que quand toute leur biographie, si vulgaire qu'elle soit, leur a passé par les yeux et par les oreilles.

Ce goût est gênant pour l'auteur, parce qu'il ne sait pas toujours lui-même ce que deviennent ses silhouettes, et, qu'à vrai dire, il s'en inquiète médiocrement. L'art ressemble à ces feux de Bengale qui, allumés derrière une scène quelconque, noient tout-à-coup dans les flots d'une lumière immense et fantastique, et transfigurent, à l'aide d'un éclat presqu'idéal, les plus ignobles têtes de comparses, les plus grossières machines superposées dans ce magasin de bric-à-brac qu'on appelle un théâtre. Une fois la flamme éteinte, et la toile tombée, les héros redeviennent des cabotins, et parfois d'excellents pères de famille ; les sylphides, de maigres squelettes badigeonnés de rouge ; les temples grecs, des colosses de bois et de carton, revêtus d'un badigeon non moins équivoque. Que gagnerait-on à aller, après la pièce, se désenchanter dans la coulisse, en compagnie d'un pompier et d'un commissaire ?

Voilà pourtant ce qu'exigent bien des lecteurs, et ce que nous n'avons pas le courage de leur refuser.

Alfred Lautour a trente-cinq ans à l'heure qu'il est. Après avoir fait de l'art échevelé avec Flora, de l'art intime avec Marie, de l'art pittoresque avec l'océan, il n'a plus fait d'art d'aucune espèce, et s'est adonné à la littérature. L'éditeur H. Souverain lui achète deux romans tous les six mois, et les cabinets littéraires de province se disputent ses œuvres. Il est guéri pour toujours des velléités aimantes de sa première jeunesse, et professe pour le mariage la même horreur qu'inspire une grossesse aux femmes du monde : celles-ci, parce qu'elles ne voudraient à aucun prix, courir le risque de se déformer la taille ; celui-là, parce qu'il aurait peur, avant tout, de se déformer l'intelligence. Du reste, il a conservé un fond de touchante perplexité et de douce mélancolie, écrit toujours mieux qu'il ne pense, pense toujours mieux qu'il n'agit, et continue à se faire aimer.... de sa portière, grace à la bienveillance de son langage et à la régularité de ses habitudes.

La famille Prempain, abandonnée une dernière fois par Alfred, et depuis longtemps brouillée avec Raymond, a suivi M. Benazet aux eaux de Bade, et le marin Pierre est mort à la pêche du hareng.

Raymond de Bohème est devenu un gentilhomme campagnard de quarante-cinq ans environ, grand tueur de lièvres et de bécassines, grand entrepreneur de chemins vicinaux, dont il surveille à cheval la direction et les tranchées. Il a déserté Paris pour la province, et le jockey-club pour les comices agricoles. Une faïencerie modèle s'est élevée par ses soins dans un de ses bois, au bord de la Sarthe, et il s'occupe de compléter cette usine au moyen d'un raill-way de cinquante mètres. Ces entreprises et beaucoup d'autres analogues lui assurent une grande majorité aux élections du conseil-général, et il se fera nommer député lors de la prochaine dissolution des chambres.

Autour de cette physionomie ouverte et quelque peu rudé, se groupent bon nombre de personnages aux figures diversement caractérisées, mais sur lesquelles il serait difficile de distinguer autre chose qu'une expression de bien-être et de paix profonde. L'un supporte noblement ses rhumatismes, résultat de certaines ablutions un peu tardives aux bords de la Manche; l'autre passe sa vie à le guérir, et à chercher tantôt des maris pour ses filles , tantôt des romans à la mode pour ses lectures du soir ; une autre encore , appelée bientôt à l'honneur de devenir grand'mère , traite gravement , avec son vieux curé , des sujets religieux ou politiques , en préparant des layettes brodées.

Et quand le châtelain harassé rentre le soir, les guêtres de cuir aux pieds , et le fusil sur l'épaule , fredonnant entre ses dents , ou sifflant le long des haies quelque ritournelle égrillarde d'il y a dix ans , il voit accourir à sa rencontre une jeune femme aux cheveux bruns , vêtue de blanc , qui lui a crié de loin : « Est-ce toi, Raymond? » et qu'il ramène gaîment au château, en l'appelant Marie.

Fallait-il , pour si peu , réveiller le conteur endormi , et le prier d'achever son conte !

FIN.

TABLE.